Samar Yazbek
Wo der Wind wohnt

Samar Yazbek

# Wo der Wind wohnt

Roman

Aus dem Arabischen
von Larissa Bender

Unionsverlag

Die Originalausgabe erschien 2021 bei Manshurat al Mutawassit, Mailand.
Deutsche Erstausgabe
Die Übersetzung aus dem Arabischen wurde vom SüdKulturFonds unterstützt.
Die Arbeit der Übersetzerin wurde gefördert durch ein
Residenzstipendium aus Fördermitteln der Kunststiftung NRW im
Europäischen Übersetzer-Kollegium, Straelen.

*Im Internet*
Aktuelle Informationen, Dokumente und Materialien
zu Samar Yazbek und diesem Buch
*www.unionsverlag.com*

© by Samar Yazbek 2021
Diese Ausgabe erscheint in Vereinbarung mit der Italian Literary Agency
und der RAYA Agency for Arabic Literature.
Originaltitel: Maqām ar-Rīḥ
© by Unionsverlag 2024
Neptunstrasse 20, CH-8032 Zürich
Telefon +41 44 283 20 00
mail@unionsverlag.ch
Alle Rechte vorbehalten
Umschlag: Kopf – Itani, Berg – Tom Till (Alamy Stock Foto)
Umschlaggestaltung: Sven Schrape
Satz: Fotosatz Amann, Memmingen
Druck und Bindung: GGP Media GmbH, Pößneck
ISBN 978-3-293-00608-9

Der Unionsverlag wird vom Bundesamt für Kultur mit einem
Verlagsförderungs-Strukturbeitrag für die Jahre 2021–2024 unterstützt.

Auch als E-Book erhältlich

# I

Es ist nur ein kleines Blatt. Durch seine verklebten Wimpern kann er es unter der Mittagssonne nicht sehen.

Nur das Blatt eines Baumes, nichts weiter. Grün und an den Rändern ausgebuchtet, liegt es wie ein Vorhang über seinen Augen, wenn er langsam und unter großer Anstrengung die Lider bewegt. Ein Blatt, das seine langen lehmverklebten Wimpern berührt. Ein Blatt, das er nicht deutlich erkennen kann, weil feine Staubkörnchen, die in seiner Augenflüssigkeit schwimmen und jucken und brennen, ihn daran hindern. Würde er die Lider noch einmal bewegen und die Augen öffnen, würde ihm das Blatt in sein linkes Auge fallen. Die ganze Welt besteht aus diesem einen Blatt. Kein Geräusch, kein Geruch. Das andere Auge spürt er nicht. Ob er überhaupt noch lebt? Vielleicht! Hat er noch einen Körper? Wo ist er, dieser Körper? Sein Gefühl für sein eigenes Ich reicht nicht weiter als bis zu dem fahlen Licht, das von schwarzen Linien durchbrochen wird. Es ist unerheblich, ob das seine Wimpern oder seine Albträume sind, denn die Dunkelheit senkt sich schon wieder in ihn herab. Er stürzt langsam hinunter, tief, in einen ihm unbekannten Ort. Seine Schwerkraft schwindet. Er spürt, wie sein Kopf hin- und herschaukelt. Stürzt er vielleicht in ein Grab? Ist das seine Beerdigung? Ist das sein Kopf?

Das Blatt ist herabgefallen, sein Blick ist frei. Er sieht ein Auge – sein Auge. Es schwebt in der Luft und beobachtet, wie ein Körper in eine Grube sinkt. Sein Körper liegt in einem Sarg. Er sieht ihn nicht, aber er weiß, dass es sein Körper ist. Die Grube ist nicht tief genug, dass er es mit der Angst zu tun bekäme, aber tief genug, um darin zu verschwinden und sich aufzulösen, nachdem sie zugeschüttet wurde. Ein einziges Auge also.

Menschliche Silhouetten stehen um die Grube herum. Er genießt das Gefühl, in dem Abgrund zu schaukeln, wo er die feinen verzweigten Graswurzeln in den Erdschichten erkennen kann. Dünne und dicke weiße Wurzeln, die von Spaten zerquetscht wurden. Er riecht den Morgenduft, der von den Wurzelenden aufsteigt, und er sieht rosafarbene Würmer, die auf den Sarg fallen. Er erinnert sich an die weiche Berührung, als sie ihm über die Hand krochen. Wo war das gewesen? Wann hatte er rosafarbene Würmer gesammelt, sie auf einem großen Felsen aufgereiht und Wettrennen mit ihnen veranstaltet? Er weiß es nicht. Aber der Anblick der tanzenden Würmer, die ihn im Fallen begleiten, beruhigt ihn. Dann wird das Bild klarer, es ist der Friedhof neben dem Mausoleum und dem riesigen Baum. Er ist immer noch hier. Wo? Und was ist dieses »hier«? Er ist es, kein anderer. Er ist nicht von seiner Existenz getrennt. Er sieht sich selbst als ein sehendes Auge. Er sieht Frauen, die sich hinter den Männern auf dem Friedhof versammelt haben. Die Häupter mit weißen Tüchern bedeckt. Unter ihnen sieht er eine Frau, die sich ihr weißes Tuch vom Kopf reißt, sich zwischen die Männer drängt und schreit. Es ist seine Mutter. Woher weiß er, dass es seine Mutter ist? Er kann sie doch gar nicht genau erkennen! Er hat also eine Familie. Aber er fühlt nichts. Er ist wie ein fliegender Vogel. Er hat seine Mutter gesehen, und er weiß, dass er kein Vogel ist. Er ist nichts als ein einziges Auge. Er ist nicht einmal zwei Augen. Aber er kann dreidimensional sehen. Er ist ein Auge, das über dem Friedhof des Dorfes schwebt, seines Dorfes, und er sieht sich selbst in die Grube sinken. Er hört Weinen, und er nimmt die Schemen einer Frau wahr. Aus der Art, sich seltsam hüpfend fortzubewegen, als wäre sie verärgert, schließt er, dass es seine Mutter ist. Er hört Jubeltriller, Schluchzen, Schüsse, Gemurmel. Das kennt er von Beerdigungen. Das übliche Lamentieren und Wehklagen aber hört er nicht, und er sieht keine Frauen, die sich die Kleider über der Brust zerreißen. Die aufgeregten Stimmen, die er dann vernimmt, scheinen ihm von anderer Art zu sein. Das da ist sein Vater. Und seine verwitwete Schwester mit ihrem dicken Bauch. Der Anblick kommt ihm nicht fremd vor, er hat das alles irgendwann schon einmal gehört und gesehen. Aber er sieht es nur verschwommen, denn er schwebt in der Luft und kann nicht herunter. Er ist ein fliegendes Auge, das herabsinkt, um zu sehen, ob dies seine eigene Beerdigung ist oder die seines Bruders.

Es gelingt ihm nicht, sich zu bewegen und herauszufinden, für wen das Grab gedacht ist, denn er ist mit unsichtbaren

Seilen am Himmel festgebunden. Die Menschenmasse unter ihm geht auseinander. Die Leute bewegen die Lippen, aber er kann ihre Stimmen nicht hören. Er will schreien, sagen, dass er dort ist, dass er nicht tot ist, und dass er nicht sterben will. Er hätte ihnen am liebsten klargemacht, dass derjenige, der in diese Grube herabsinkt, irgendein Monster ist, oder vielleicht ein Fremder, aber nicht er. Aber niemand hört ihn. Diese Beerdigung kommt ihm bekannt vor, doch er erkennt nicht, ob es die seines Bruders oder seine eigene ist. Er blickt sich um und sieht noch andere Körperteile, die am Himmel festgebunden sind, sie starren auf zahlreiche Gruben überall auf den Berggipfeln, die das Meer überblicken. Kurz schnürt sich ihm die Kehle zu, dann kommt er wieder zu sich. Wie kann sich einem Auge die Kehle zuschnüren?

Er ist nur ein einziges Auge, das diese Grube sieht. Endlich kann er seine Mutter singen hören. Das ist ihre Stimme. Manchmal singt seine Mutter, und manchmal lässt sie ein lautes Seufzen hören. Er sieht sie schreien, er weiß, dass sie seinen Namen ruft, aber er hört nichts. Ihre Stimme erstirbt, wenn sie ihn ruft. Sie blickt in den Himmel und weiß, dass er sie sieht. Die Stimme seiner Mutter wird lauter, sie ruft ihn, und das bedeutet, dass er tot ist, während er seine Seele im Himmel schaukeln sieht. Er will pfeifen, damit seine Mutter ihn erkennt, aber er ist nur ein Auge, und er ist nicht einmal imstande, wie eine Amsel zu zwitschern, wie er es immer gemacht hat. Er kann die Fahne deutlich erkennen: rot, weiß, schwarz, in der Mitte zwei Sterne. Welche Farbe haben sie? Er weiß es nicht. Dann sieht er die Hände seiner

Mutter den Sarg umklammern und die Fahne wegziehen. Es kommt ihm vor, als starre er auf einen riesigen Bildschirm, auf dem nur noch ihre aufgerissenen Hände zu sehen sind, die sich wie Nägel in das Holz krallen, um Teil des Sargs zu werden. Dann verschwinden Stimme und Farben, und es bleibt nur der Körper seiner Mutter zurück, die sich gegen den Sarg drückt. Da weiß er, dass nicht er der Tote ist, denn er erinnert sich plötzlich, genau in dem Augenblick, in dem er seine Lider bewegt und ein Blatt sieht, dass dies die Beerdigung seines Bruders ist, dass nicht er es war, der in diese Grube gelegt wurde. Er öffnet sein anderes Auge. Das Blatt ist heruntergerutscht, er hat freie Sicht. Er stellt fest, dass sein Kopf unverletzt ist und auf seinem Rumpf sitzt, und noch weitere Blätter den Teil seines Körpers bedecken, den er spürt. Er ist in der Lage, den Kopf zu bewegen und den Baum zu sehen! Einen großen Baum, der weit weg ist. Aber nicht so weit, dass er eine Einbildung zu sein scheint. Er ist weder Traum noch Albtraum. Er reißt die Augen auf, und plötzlich werden sie von Licht überflutet. Er lebt. Und er ist erst seit Kurzem hier. Er weiß nicht genau, was »seit Kurzem« bedeutet, aber er ist hier. Über ihm der Himmel, und sein Körper ist bedeckt von verwitterten gelben und grauen Blättern. Ein einziges grünes Blatt hängt über seinem linken Auge. Kein Geräusch. Absolute Stille. Da realisiert er, dass er sich nicht bewegen kann und dass er den vertrauten Geruch von Verbranntem riecht. Er weiß, dass er zwei Hände hat, denn er kann sie spüren. Dann hört er ein Rascheln und das Zerfallen von Blättern. Er vollführt eine leichte Bewegung, die genügt, um festzustellen, dass er auch mit seinem anderen Auge sieht. Für jemanden, der aus dem Himmel auf ihn herunterblickt, muss er aussehen wie ein Haufen Laub und Zweige, aus denen zwei Augen herausschauen, das Gesicht verborgen unter einer Maske aus Lehm und Blut. Nur das Weiß seiner Augen lässt erahnen, dass dort ein menschlicher Körper in der Einöde eines Berggipfels liegt, auf dem ein großer Baum steht.

Bis zu diesem Augenblick wusste er das nicht. Er wusste nicht, dass er unter Laub, Erde und Zweigen begraben ist. Ihm war nur bewusst, dass er atmete und dass er zwei Augen und zwei Hände hatte. Er hört die Schläge seines Herzens und stößt einen tiefen Seufzer aus, der den Brustkorb in Bewegung versetzt. Auch das Rascheln vernimmt er wieder. Er liegt immer noch hier, auf dem Boden, aber er spürt seine Füße nicht. Ein brennend heißer Spieß sticht ihm in den Rücken. Oder vielleicht ein eiskalter. Er weiß nicht, was es ist, aber es fühlt sich klebrig an. Als läge er bis zur Brust unter Zement begraben. Er kann nicht aufstehen, um seinen Körper zu inspizieren, aber er glaubt noch immer, dass er am Leben ist.

Die Anwesenheit des Baumes verwirrt ihn. Vielleicht ist es der Baum des Dorfmausoleums. Oder der Baum neben ihrem Haus! Und vielleicht ist er es doch, der in die Grube gelegt wurde. Er ist sich noch nicht sicher, ob er fantasiert, trotz der Erinnerung an die Beerdigung seines Bruders. Das ist der gleiche Baum, den er seit seiner Kindheit kennt. Nach einer Stunde, in der er schwitzt und in die hochsteigende

Sonne starrt, erinnert er sich, dass dieser Baum an der Frontlinie stand, und dass er hier war und ihn wie üblich verzückt angesehen hat, das Gewehr in der Hand, neben ihm seine Kameraden.

Er beschließt, sich zu bewegen, obwohl er es kurz angenehm fand, in den Schlummer des Abgrunds zu fallen. Noch einmal schüttelt er sich und muss feststellen, dass er sich nicht rühren kann. Die Stille macht ihm Angst. Er vernimmt die Schläge seines Herzens, die beinahe sein Trommelfell zum Platzen bringen. Woher kommt diese Stille? Wo ist das Zwitschern der Vögel und das Rascheln des Baumes? Jeder Baum hat seine ganz eigenen Geräusche, genauso wie die Vögel, seine Kameraden. Wer hat das zu ihm gesagt? Rechts vom Baum sieht er dichten Qualm aufsteigen, dann richtet er den Blick nach links und sieht Feuer. Da ist wieder dieser Geruch nach Verbranntem. Er schließt die Augen. Die glühende Mittagshitze wird durch die Bergluft abgemildert. Schweißperlen bilden sich auf seiner Stirn und benetzen seine Lider. Sie brennen ihm in den Augen und hindern ihn minutenlang daran, etwas zu sehen. Er denkt darüber nach, tief einzuatmen, um seine Bauchmuskeln zu spüren, sich einen Ruck zu geben und sich zu bewegen. Mit jedem Ächzen und Stöhnen hebt und senkt sich seine Brust, und mit ihr der Haufen Laub. Es gelingt ihm, sich ein Stück nach oben zu schieben. Ganz langsam bewegt er schließlich seinen Rumpf. Als er sich allmählich auf die Seite dreht, denkt er, dass dort vielleicht der Abgrund droht, die Kante war nicht weit entfernt. Aber das ist ihm egal. Eine enorme Kraft aus dem Bauch heraus treibt ihn an und lässt ihn seinen Körper bewegen. Aber das Einzige, was er dadurch erreicht, ist, dass er nun auf der Seite liegt, dem Baum gegenüber. Laub und Zweige sind ihm von der Brust gerutscht. Jetzt spürt er einen brennenden Schmerz, der ihn plötzlich Hoffnung schöpfen lässt, dass er noch alle seine Gliedmaßen hat. Der Schmerz zirkuliert zwischen seinem Kopf und den Zehen, erfasst den ganzen Körper, und das tut ihm gut. Er starrt auf den Baum, hört ein Rascheln und das Knacken trockener Zweige. Dann kehrt wieder Stille ein. Da sieht er das Bild. Er sieht, wie er und die anderen Soldaten durch die Luft fliegen, als die Granate explodierte. Und bevor er wieder das Bewusstsein verliert, hört er die heisere Stimme seiner Mutter, die ihn ruft: »Ali!« Da weiß er, er weiß es ganz genau, dass dieses kleine grüne Blatt ein Eichenblatt ist.

## 2

Kaum haben ihn Apathie und Erschöpfung mitgerissen, da holt ihn die Stimme wieder zurück und rettet ihn aus seiner Resignation. Sie ruft seinen Namen. Die Stimme hebt ihn in die Höhe, er bewegt den Kopf und vernimmt ein lautes Geflüster im Ohr. Der Himmel ist strahlend blau, getupft mit einzelnen Wolken weit oben, die eine nach der anderen über ihm dahinschweben. Vor ein paar Tagen hatte er eine Wolke gesehen, die rasch an ihnen vorbeigezogen war. Sie waren zu fünft, fünf Soldaten, und er war der Einzige von ihnen, der sich mit Wolken auskannte, wie sehr sie einen täuschen und mit einem Mitleid haben und wie sie den Atem befeuchten können. Sie waren sein Spielzeug auf dem Dach ihres Hauses gewesen, seine Freunde auf unwegsamen Bergpfaden. Heute sehen die Wolken anders aus, nah und weit entfernt zugleich. Vor Tagen hatten sie ihn wie ein Laken bedeckt, seine Lider befeuchtet. Er streckte die Finger aus, berührte sie und konnte sich vorstellen, wie sie länger wurden und in den Himmel wuchsen, wie Knospen, die sich öffnen und zu Zweigen werden. Die Wolken bedeckten den Berggipfel, und am liebsten wäre er hineingeschlüpft und hätte sich in ihrem Weiß gerekelt, als würde er in Wasser baden. Er wollte sein Gesicht damit einreiben, genau wie er es mit den Schneebällen getan hatte, und versuchen, sie zu packen, aber seine Finger würden ins Leere greifen. Er lächelte innerlich und sah das Weiß seines Lächelns in sich selbst. Er ließ sich schwindeln machen durch sie, trotz der Warnung seiner Kameraden, über die er sich heimlich lustig machte, denn er war ein Wolkenexperte, und er spürte, dass die Wolken ihn nicht betrügen. Er stand vor den Kameraden, die von dichten weißen Flocken bedeckt waren, und kaute die Leere in seinem Mund. Er war davon überzeugt, dass eine weiche Feuchtigkeit in seine Kehle dringe und ihn in Ruhe schlafen ließ, genau wie in den kalten Nächten in seinem Baumhaus und auf dem Dach des Hauses. Aber jetzt befindet er sich weder auf dem Dach noch in seinem Baumhaus, sondern auf dem Gipfel des fremden Berges, der ihm vorkommt wie ein kahler Kopf. Auf diesem hohen Gipfel gibt es nichts außer diesem riesigen Baum und den Sandbarrikaden.

Die Wolken hier ähneln nicht den Wolken seines Dorfes, die ihm vertraut sind. Die Wolken seines Dorfes schlängelten sich durch das Tal, sie sahen aus wie ein dichter weißer Fluss, der Alis Umgebung bedeckte, ihn einhüllte und seine Sicht verdeckte. Die Dorfbewohner lebten mit dem Nebel und den Wolken, sie waren daran gewöhnt, darin zu verschwinden, und Ali hatte seinen eigenen Wolkenfluss! Und dieser Wolkenfluss verwandelte sich in einen langen Schwanz, der vor seinen Augen zitterte und wedelte und dem Schwanz der Waldfüchse ähnelte. Ali stand in seinem Baumhaus und beobachtete ihn, bis er verschwand, er sah das Tal und die

Gipfel der benachbarten Berge, sauber und glänzend, wenn sich dieser weiße Schwanz aufgelöst hatte. Dann hüpfte er vor Freude, denn er wusste, dass der Schwanz sich zum Gipfel hochschlängeln würde, wo er, eingehüllt in die von seiner Mutter genähte Decke, auf ihn wartete. Das war seine eigene Welt, die niemand entdecken konnte, seine Welt, zu der niemand Zugang hatte. Er konnte stundenlang auf einem Ast stehen, ein Bein angewinkelt wie ein Reiher, mit weit geöffneten Augen diese Schönheit betrachten und immer wieder laut seufzen: »Ooooooh, wie wunderbar! Wie schööööön!« In jenem Moment, wenn der Himmel dunkelgrau war, erschienen plötzlich inmitten der grauen Dunkelheit Lichtsäulen, die die Erde mit dem Himmel verbanden, enorme Seile aus Licht. Dann neigte er den Kopf, um die grauen Wolken zu sehen, die weiterzogen, und stach mit ihnen und den Lichtsäulen in See. Und wenn sich die grauen Wolken auflösten und Raum gaben für das freigesetzte Licht, sah er ein Fest von ineinanderlaufenden Farben, Weiß, Grau, Blau, Schwarz, Gelb ... Farben, die wogten und ineinander verschwammen und in einer ständigen Bewegung stets neue Formen annahmen. Dann glaubte er, dies sei das Paradies. Die Farben überwältigten ihn. Die Wolkengebilde nahmen die Gestalt von seltsamen Lebewesen an. Er sah das Gesicht einer Frau, mit dem Körper eines Baumes, dessen Äste in kleinen Füßen endeten; einen Baum mit den Beinen einer Kuh und zwei Händen aus Hunderten Schmetterlingen; oder einen Vogelkopf, auf dem das Horn eines Ziegenbocks saß, der Flügel aus Zweigen und zwei menschliche Füße hatte ... Diese wunderschönen Wolkenformationen lösten sich vor seinen Augen auf und verwandelten sich in kleine weiche Flocken. Er stand da und beobachtete sie, bis sie verschwanden, und hatte das Gefühl, in seinem Inneren sei ein tiefes bodenloses Loch. Er wusste nicht, ob es ein Loch aus Freude oder Angst oder Erstaunen oder was auch immer war. Er kletterte vom Baum und lief schwankend und lichterfüllt los. Ihm war, als sei er ein Teilchen dieser Wolken, und was sich auflöste, war etwas in seinem Kopf. Er wusste nicht, dass es die Dunkelheit war. Aus diesen Zeiten wusste er, dass alles in seiner Umgebung verschwindet, genau wie diese riesigen Wolken. Sogar er selbst spürte dieses Verschwinden, und das bezeichnete er insgeheim als das Werk der Wolken, ihn ihnen ähnlich werden zu lassen.

Heute entfernen sich die Wolken und werden ihn nicht retten. Sie sind fortgezogen, verschwunden und haben ihn allein gelassen. Er wünscht sich, dass wenigstens eine von ihnen bei ihm vorbeizieht. Das scheint jetzt ein Sommertraum zu sein.

Die Sonnenscheibe hindert ihn daran, seine Lider aufzuschlagen, und als er es nach einigem Bemühen schafft, die Augen zu öffnen, wird er vom Licht überrascht. Die Stille wird zu einem Geflüster. Er hebt den Kopf, wendet seinen Blick vom Himmel ab in Richtung Baum und hört, wie sein Name mehrmals genannt und das Geflüster unterbrochen wird. Er stemmt sich ein Stückchen vom Boden hoch und schüttelt Blätter, Staub und Lehm ab, dann ist die Stimme genauso heiser wieder zu hören. Die Stimme seiner Mutter! Er glaubt, ihren Namen vergessen zu haben, aber da fällt ihm ein, dass er sie früher bei ihrem Namen gerufen hat. Matt dreht er den Kopf, vielleicht sieht er sie irgendwo. Er beißt sich auf die Zunge, um sich seiner Sinne zu versichern, da holt ihn der Schmerz ein, er hat einen salzigen Geschmack im Mund.

»Ali!«

Die Stimme ist wieder da, klar und rein dieses Mal. Er erinnert sich, dass seine Mutter dort in Begleitung einiger anderer Frauen entlanggelaufen ist. Seine Augen waren auf sie geheftet, er hatte beobachtet, wie sie gestrauchelt und gefallen war und wie sie mithilfe der Nachbarinnen wieder aufstand. Ganz in Schwarz gehüllt, liefen sie wehklagend hinter der Schar der Männer her. Diese schritten würdevoll und selbstbewusst in einer langen Schlange durch die Gassen des Dorfes, vorneweg die Träger der Totenbahre. Er sieht das Bild jetzt ganz deutlich vor sich. Er hatte an dem schmalen erschöpften Körper seiner Mutter gezerrt, um die voranschreitende Prozession der Männer zu verlassen. Das war ihre zweite Beerdigung; ein Monat erst war seit der Beerdigung des Mannes seiner Schwester vergangen, an die er sich nicht genau erinnern kann. Aber dieser Tag, an den er sich jetzt erinnert und den er ganz deutlich vor sich sieht, ist kein Traum, das ist die Beerdigung seines Bruders. Ja, die Beerdigung seines Bruders, und er selbst ist noch am Leben. Und das Licht, das über ihn hereinbricht, wenn er die Augen öffnet, ist nichts als Realität. Er ist immer noch auf der Welt, er ist nicht gestorben. Er lebt und sieht diese Bilder. Die Dorfbewohner haben sich vor dem neuen Leichenacker versammelt. Damals hat das Land seltsame neue Friedhöfe angelegt, öffentliche wie verborgene, kleine Friedhöfe, in denen einzelne Menschenteile begraben wurden, und riesige, auf denen Hunderte Menschen in einer einzigen Grube Platz fanden. In ihrem Dorf hatten sie einen steinernen Friedhof entdeckt, der Tausende Jahre alt war. Vor Jahren hatten sie ihre Toten neben ihren Häusern bestattet, jedes Haus hatte seine Gräber. Sie lebten mit ihren Toten auf den schmalen Flächen, die ihnen auf den steilen Berghängen zur Verfügung standen. Auf jenem beängstigend steilen Abhang, so erzählte man, gebe es einen Friedhof für drei Revolutionäre, die gegen die Franzosen gekämpft hätten. Gegenüber ihrem Haus, wo vor dreißig Jahren ein riesiger Palast mit einer hohen Umfassungsmauer aufgetaucht war, gab es noch einen Friedhof. Dort hatte der Besitzer des Palastes ein Mausoleum errichtet und seinen Vater bestattet. Dann hatten seine Männer verkündet, dies sei das neue Heiligengrab des Dorfes. Die Dorfbewohner fragten sich tuschelnd, wie der Palastbesitzer, dieser hohe Militäroffizier namens Abu Al-Zain, ein neues Heiligengrab hatte errichten lassen können, aber das war eine andere Geschichte, die nicht von Bedeutung war, denn sie waren nur selten dorthin gegangen, um den Segen zu erbitten. Eine Geschichte, die ihn nicht interessierte, denn er war sich nun seines Namens bewusst und sah das Bild von seiner Mutter und der Beerdigung. Er wusste nichts über den Besitzer des

Palastes, außer, dass er seinen eigenen Vater zu einem Heiligen hatte machen wollen. Er sieht, wie sich einige Dorfbewohner darüber lustig machen, während sich andere Berichte und Geschichten über die gottgefälligen Taten von Al-Zains Vater und dessen Nähe zum Rang der Heiligen erzählen. Was Ali wusste, war, dass sein Bruder zu Abu Al-Zain in Damaskus gegangen war, und dass dieser ihm dabei geholfen hatte, sich beim Militär zu melden. Es war der gleiche hohe Offizier gewesen, der früher kein einziges Stück Land im Dorf besessen hatte und dann irgendwann Besitzer der meisten Grundstücke geworden war. Aber auch das hatte für Ali keine Bedeutung, und es war auch dem Besitzer des Palastes nicht wichtig, denn der steinige Boden bedeutete ihm nicht viel, ihm, der sein Dorf vor Jahrzehnten verlassen und sich in Damaskus angesiedelt hatte. Aber vor ein paar Jahren war er zurückgekehrt, mit dem Beinamen »die Alte Garde«. Aber mit dem Aufkommen der Neuen Garde verzichtete man auf seine Dienste. Viele Dorfbewohner wussten, dass die Sache mit der Alten Garde mit dem Vater des Präsidenten zu tun hatte und absolut nichts mit dem jetzigen Präsidenten, dessen Sohn. Jener Offizier, von dem es heißt, er sei über die Art, wie er aus dem Geheimdienst entlassen worden war, erzürnt gewesen, war nicht mit ihnen zur Beerdigung gekommen. Stattdessen hatte er seinen Sohn Al-Zain geschickt, der Ali Angst einflößte, als er ihn zum ersten Mal sah. Jetzt, in diesem Augenblick, kann er sich an ihn erinnern, er sieht, wie sein Vater diesen Al-Zain anschaute. Al-Zain, mit dem arabischen Artikel Al.

So sollten die Leute ihn nennen: Al-Zain, »der Zain«. Seine Mutter war hinten bei den Frauen, er schaute verstohlen zu ihr hin, während er lief und lief. Der Weg zum Märtyrerfriedhof schien kein Ende zu nehmen, diesem neuen Friedhof, der nur für die Soldaten angelegt worden war, die im Krieg gefallen waren. Der ursprüngliche Dorffriedhof war schon voll mit den Leichen ihrer jungen Männer und Kinder, da war keine Handbreit mehr Platz. Das war nicht anders als in den anderen Dörfern in diesen Bergen und Tälern in Meeresnähe. Es war überall das Gleiche. In jedem Dorf gab es neue Friedhöfe, und alle wurden sie gleich genannt: Märtyrerfriedhof. An jenem regnerischen Wintertag waren sie zum Märtyrerfriedhof den Weg nach Norden hinaufgestiegen, der in einem kleinen erdigen Platz auf dem Berghang gegenüber dem Dorf endete. Das Terrain gehörte einem Bauern, dessen Sohn und Enkel hohe Staatsbeamte geworden waren, die stets in Luxuskarossen mit getönten Scheiben im Dorf auftauchten. Die Bewohner bezeichneten den Funktionär als Geheimdienstler. Er hatte das Dorf verlassen, war während des Krieges als alter Mann zurückgekehrt und hatte das Grundstück für den Märtyrerfriedhof zur Verfügung gestellt. Dann hatten er und seine Söhne sich den Milizen angeschlossen, die in den Bergen und Ebenen auf unbegreifliche Weise wie Pilze aus dem Boden schossen. Auch er war bei der Beerdigung nicht dabei gewesen, weder er noch seine Söhne. Sie hatten genug damit zu tun, Checkpoints zwischen den Dörfern zu errichten, Autos anzuhalten und Menschen zu verhaften … und nur

Gott wusste, was sie noch alles taten, wie der Nachbar zu sagen pflegte.

Das ganze Dorf lief hinter der Totenbahre her wie bei einer Hochzeitsprozession. Die Jubeltriller der Frauen wechselten sich mit den Schüssen der Männer ab. Dann kam der Offizier, der für Alis Bruder verantwortlich gewesen war, und hielt die Rede für den Märtyrer des Vaterlands, wie er den Bruder bezeichnete. Der Familie wurde kein Blick auf den Toten gewährt. Es hieß, dass die Familien die Leichen nicht sehen dürften, wenn sie entstellt und zerstückelt waren. Und man brachte sie nicht wie sonst nach Hause, damit die Seelen wieder dorthin zurückkehren würden. An jenem Tag wurde auch der Sarg seines Bruders, gefüllt mit Sand und Leichenteilen, direkt zum Friedhof gebracht.

Die Mutter brach zusammen, stand wieder auf und starrte auf den Sarg, der auf den Schultern der Männer lag. Dann flehte sie verzweifelt darum, einen letzten Blick auf ihren Sohn werfen zu dürfen, um sich von ihm zu verabschieden. Doch die Männer wehrten ab, schüttelten die Köpfe und achteten nicht weiter auf sie. Die Frauen aber klopften ihr auf die Schulter, stießen ihre hohen Trillertöne aus und wehklagten. Seine verwitwete Schwester, die mit noch nicht einmal fünfundzwanzig Jahren einen Monat zuvor den gleichen Weg gegangen war, hielt ein Bild ihres Bruders in einem und ihren Sohn im anderen Arm und schritt kraftvoll aus, an ihrer Seite die jüngste Schwester. Die ganze Familie ging mit den anderen Dorfbewohnern hinter der Totenbahre seines ältesten Bruders her. Dann verloren sie sich aus den Augen, blickten sich ängstlich um, genau wie Ali, der für einen Moment, als er den Sarg des Bruders betrachtete, alles um sich herum vergaß. Er vergaß das Gesicht seines Bruders und die weinenden Augen. Jetzt erinnert er sich, dass einer der Männer des Zain eine Frau wegen ihres lauten Gejammers angeherrscht hatte. Er befahl ihr, Jubeltriller auszustoßen, denn die Beerdigung gleiche einer Heirat mit der Heimat. Die Frau hatte ihn verängstigt angestarrt, sich dann wieder zusammengenommen, die Tränen abgewischt und folgsam begonnen, ohne Unterlass zu trillern. Dann stieß seine Mutter einen Schrei aus: »Wo bist du? Wie konntest du mich alleinlassen, mein lieber Junge?«

Er erinnert sich, dass er hinter der Bahre herlief und der Dorfscheich seine Hand in die seine nahm und drückte. Sie gingen zum Friedhof, und dort sah er die Grube. Es war also kein Traum. Die gleiche Grube und die gleichen Schichten Erde und die gleichen rosafarbenen Würmer. Der Sarg wurde hinabgelassen. Überall standen Platanen und Eichen, der Totenacker war von einer sorgfältig aufgeschichteten Steinmauer eingezäunt. Er sah zahlreiche Gräber um sich herum, die die Dorfbewohner aufgeschüttet hatten. Als sie den Mann seiner Schwester beerdigt hatten, war der Boden nicht auf diese Weise aufgehackt worden. Jetzt sieht er die Grube und weiß, dass er nicht der Tote ist. In der Ferne taucht eine rothaarige Frau zwischen den Männern auf. Er erinnert sich, dass er sie kennt, aber mehr weiß er nicht. Ihr Gesicht ist noch immer undeutlich, aber ihr rotes zerzaustes Haar und ihr langes Kleid bedeuten ihm etwas. Sie will sich in der Nähe des Zain zwischen die Männer drängeln. Ali hätte niemals auch nur davon geträumt, dass er den Zain jemals sehen oder mit ihm sprechen würde, aber nun stand er vor ihm, zusammen mit den anderen Männern. Sie trugen Gewehre, obwohl sie keine Soldaten waren, und ballerten in die Luft, als sie den Totenacker erreichten. Ali zuckt zusammen. Das war vor einem Jahr gewesen, vielleicht, genau kann er sich nicht erinnern. Er weiß, dass er mit seinem Vater von der Arbeit in den Ebenen zurückkam und dass das ganze Haus in heller Aufregung war. Alle weinten, und sie erfuhren, dass sein Bruder nicht mehr war. Es geschahen auch andere Dinge, die ihm Kopfschmerzen bereiten sollten, denn ihr aus zwei Räumen bestehendes Haus nahm die Nachbarn aus der ganzen Umgebung auf. Sie brachten Essen und Trinken und wehklagten und jammerten, und jeder erzählte die Geschichte eines Sohnes, den er verloren hatte. Seine Mutter blickte sich verwundert um. Während der Beerdigung hielt Ali den Blick die ganze Zeit auf sie gerichtet. Sie versuchte, sich durch die Männer hindurch nach vorne zum Sarg zu drängeln, doch es gelang ihr nicht. Als die Frau mit den roten Haaren auftauchte, packte sie einer der Männer des Zain und zog sie aus der Menge der das Grab umstehenden Männer zurück. Sein Vater strich über den Sarg, der in die Nationalflagge gehüllt war, eine schöne glänzende Fahne, die Ränder mit Goldfäden eingesäumt. Die Finger seines Vaters strichen vor und zurück, während seine Mutter weiter versuchte, sich vorwärtszudrängeln. Eine Frau sagte zu ihr: »Weine, Nahla, weine ruhig!« Seine Mutter hieß also Nahla, jetzt erinnert er sich. Aber Nahla, an deren Namen er sich jetzt hier unter der Mittagssonne wieder erinnern kann, weinte nicht. Plötzlich stürzt die Rothaarige, er schaut sie an und weiß jetzt, wer sie ist.

Jetzt, hier vor dem Baum liegend, weiß er wieder, dass es die Humairuna ist. Ein Zittern läuft durch seinen laubbedeckten Körper, er vernimmt ein Rascheln und sieht jetzt das ganze Bild vor sich. Er sieht die Grube und weiß genau, dass er nicht der Tote ist, und er sieht, wie sich die Humairuna vorwärts zum Grab schiebt und versucht, den Sarg zu berühren, so wie sie es vor allen Dorfbewohnern zu tun geschworen hatte, wenn die jungen Männer der Erde übergeben würden. Aber jedes Mal hatten sie sie schimpfend und fluchend vom Friedhof geschleift und gewarnt, den Männern nicht zu nahe zu kommen, während sie ihre Toten beerdigten.

»Aha, so ist das also?! Wir dürfen uns den Männern nicht nähern, wenn sie Männer beerdigen … Ahaaa!«, sagte sie und spuckte aus. Aber es war der Humairuna egal, dass man sie verjagte, sie ging um die Menge herum und drängte sich erneut zwischen die Männer, fasste das Kleid der Mutter und zog sie hinter sich her, die Arme der umstehenden Frauen abschüttelnd. Die Reihen der Männer waren jedoch undurchlässig, sie standen eng aneinandergedrängt und lauschten dem Scheich, der die Eröffnungssure für die Seele seines Bruders rezitierte, des Sohns ihres Dorfes, den sie nicht allzu gut gekannt hatten. Nur einige hatten ihn kennengelernt, weil er als Lohnarbeiter auf ihren Feldern geschuftet hatte, bevor er freiwillig zur Armee gegangen war. Trotzdem war es ihre unausweichliche Pflicht, bei diesem kalten und regnerischen Wetter zu seiner Beerdigung zu kommen; sie saßen alle im gleichen Boot, denn früher oder später würden auch sie ihre Söhne verlieren. Einige von ihnen dachten daran, dass der Märtyrer und seine Familie zu jenen Menschen gehört hatten, die für sie unsichtbar waren. Sie waren Tagelöhner, und hätten sie nicht an den religiösen Festtagen ihren Anteil Fleisch an die armen Familien des Dorfes verteilt, wäre es ihnen noch nicht einmal in den Sinn gekommen, stehen zu bleiben, um sie zu grüßen. Jetzt auf dem Friedhof warteten sie nur darauf, ihrer Pflicht Genüge getan zu haben und zurückzukehren, um zu überlegen, wie sie ihre noch verbliebenen Söhne ernähren sollten. Sie hatten nicht die Zeit, einer senilen Alten zu lauschen, die man wegen ihres roten Haars abschätzig die Humairuna nannte. Und als einer von ihnen rief, dass der Märtyrer sich für den Präsidenten geopfert habe, und das Bild des Präsidenten in die Höhe hielt, brüllte ein anderer, er sei in Aufopferung für die Heimat gestorben. Und der Scheich sagte: »Wir sind Gott dankbar! In Gegenwart des Todes brauchen wir solche Loyalitätsbekundungen nicht, Männer ... Möge Gott sich seiner erbarmen!« Neben ihm stand der neue Scheich, einer der Männer des Zain. Sie zollten ihm nicht den Respekt wie ihrem eigentlichen Scheich, aber sie fürchteten ihn. Kaum hatte der alte Scheich das gesagt, trat der neue Scheich des Zain vor und brüllte: »Wir alle opfern uns für den Präsidenten und das Vaterland!« Dann trat ein bewaffneter Mann zum alten Scheich und flüsterte ihm etwas ins Ohr. Er erblasste, ein Schuss wurde abgegeben. Die Kalaschnikows wurden gen Himmel gestreckt, die Bewohner erbebten, und die Frauen stießen Triller aus. Es sah aus, als würde im Rhythmus der Schüsse eine Welle durch die Menschenmenge fahren, die Frauen riefen die Namen ihrer getöteten Söhne und baten den getöteten Bruder, ihren Söhnen in der anderen Welt ihre Grüße auszurichten und sie ihrer Liebe zu versichern. Hier und da wurden Namen genannt, sie schwebten mit dem Stöhnen durch die Luft, und mit jedem Namen ertönte wieder ein Schuss. Während die Männer abgelenkt waren, schlichen die Mutter und die Humairuna zwischen ihnen hindurch, und plötzlich stand die Mutter vor dem Sarg. Die Männer hatten den Blick noch immer in den Himmel gerichtet, der ihre Stimmen und die vereinzelten Schüsse aufnahm. »Feiert den Märtyrer wie einen Bräutigam ... Heute ist die Hochzeit des Märtyrers, feiert seine Hochzeit ...«, riefen die Männer, und die Frauen stießen ihre Triller aus, und ein Mann brüllte, dass die Zeit gekommen sei, der Erde zu übergeben, was ihr gehöre. Nahla aber schrie: »Ich will meinen Sohn sehen, ich will ihn riechen!« Die Menge war verdutzt, Nahla hatte sich auf den Sarg gelegt und umarmte ihn. Es hatte aufgehört zu regnen, und sie lag steif auf dem Sarg. Keine Macht der Welt wäre imstande, sie wegzuschieben. Die Flagge rutschte in die Grube, und die Mutter klammerte sich an das Holz und versuchte, den Sarg zu öffnen. Die Männer stürzten sich auf sie, um sie zurückzuziehen, doch sie machte sich von ihnen los. Ali beobachtete Nahla, aber er half seinem Vater und den Männern nicht, sie vom Sarg loszueisen. War das die Szene? Ja, es war gewiss die Beerdigung seines Bruders. Er erinnert sich, dass Nahla mit dem Sarg in die Grube stürzte. Das war eine Schande und verstieß gegen die Traditionen, die verboten, dass die Frauen neben den Männern an den Rand des Grabes treten. Zuerst stürzte die Mutter, dann fiel der Sarg auf sie. Er war zugenagelt, sodass sie ihn nicht öffnen konnte. Für eine Sekunde senkte sich Stille herab, es schien, als hätte Nahla sich selbst begraben. Kein Ton war von ihr zu hören, kein Schluchzen und kein Stöhnen. Sie selbst aber hörte ein Lärmen und Krachen und hatte das Gefühl, ihre Knochen würden unter dem schweren Sarg zersplittern. Als sie die Augen öffnete, sah sie die ausgestreckten Hände der Männer, die den Sarg wieder aus dem Grab ziehen wollten. Ali beobachtete sie mit weit aufgerissenen Augen, machte aber keine Anstalten, ihr zu helfen. Er stand einfach bestürzt da und schaute zu, wie die Männer versuchten, seine Mutter aus dem Grab zu ziehen. Am Ende hatte sie es doch geschafft, sich von ihrem Sohn zu verabschieden, obwohl sie nur die Erde hatte riechen können. Und sie hörte die Flüche der Männer, die sie beschimpften, die Regeln ihrer Religion und die Unantastbarkeit des Todes nicht zu respektieren. Die Humairuna beschimpfte und verfluchte wiederum die Männer, und nannte sie Pöbel, denn sie hätten der armen Frau erlauben sollen, sich von ihrem Sohn zu verabschieden. Als der Zain ihr befahl, den Mund zu halten und vom Friedhof zu verschwinden, antwortete sie mit fester Stimme: »Verschwinde selbst, du Unglücksbote!« Dann spuckte sie ihm ins Gesicht. Einer seiner Männer stieß sie mit dem Lauf seines Gewehrs und wollte sie fortschieben, doch das war zu viel. Sie stürzte neben der Grube zu Boden und sah, wie sich Nahlas Finger an den Sarg klammerten.

Nachdem die Männer seine Mutter hochgehievt hatten, nahm Ali sie an der Hand und verließ die Menge. Zuerst konnte er sie noch stützen, doch dann brach sie zusammen. Er nahm sie auf den Arm, sah sich nicht um und ignorierte die Bemerkungen der Leute. Die Humairuna stapfte mit ihrem Stock hinter ihnen her, hinkend und grummelnd. Nahla war fahl im Gesicht, die Kleidung lehmverschmiert, sie zitterte am ganzen Körper. Zunächst trauerten die Menschen weiter um den jungen Mann, der gestorben war, doch dann drehte sich eine der Frauen zu Ali um, der, seine Mutter auf den Armen, den Friedhof verließ, und begann zu jammern und seine Mutter beim Namen zu rufen. Die Menge wurde gewahr, dass Ali und seine Mutter dabei waren, die Beerdigung zu verlassen. An jenem Tag zogen sie den Groll aller auf sich. Die Leute riefen, sie sollten zurückkommen, und Ali blieb stehen, noch immer seine Mutter auf dem Arm, und beschimpfte sie und verfluchte ihre Väter und Mütter. Damals hatte er zum ersten Mal in seinem Leben die von Sonne und Kälte aufgerissenen Wangen seiner Mutter berührt. So ganz genau weiß er es nicht mehr, er weiß nur, dass diese raue Berührung der roten aufgerissenen Haut und der toten Partikel, die wie hervorstehende Dornen an ihren Wangen klebten, ihn schließlich das Knacken in seiner Kehle hören ließ, während er mit trockenen Augen in den Himmel starrte.

## 3

Unter den gleißenden Sonnenstrahlen sieht er hinter dem Baum einen Menschen … Ein lebendes Wesen, ein Fantasiegebilde vielleicht, hervorgerufen durch die tiefe Stille; oder ein Feind, der genau wie er und seine Kameraden von einer Granate dorthin geschleudert worden ist.

Rost? Ist das der Geschmack der Angst? Eine Angst mit dem Geschmack von Rost, wie er ihn kürzlich kennengelernt hat? Der Geschmack von Rost ist nichts als der Geruch der Detonationen, und nun schluckt er ihn ganz einfach herunter. Sein Herz pocht heftig. Er hebt den Kopf, um den Kopf auf der gegenüberliegenden Seite zu beobachten. Der andere Kopf macht das Gleiche. Er tut einen tiefen Atemzug und schließt die Augen.

Mitten im Himmel stellt er sich vor, wie er und der Andere aussehen: zwei Männer, die trockene Zweige, Laub, Lehm und Erde abschütteln und die Köpfe gehoben haben, um sich gegenseitig zu beobachten. Und der Horizont überm Meer sieht von Weitem endlos aus. Er war es gewohnt, solche Bilder zu malen. Er schloss die Augen und stellte sich vor, wie es sei, die Dinge von oben zu betrachten. Er wurde auf einem hohen Berggipfel geboren und sah die Dinge unter sich. Wenn er den Baum ihres Hauses erkletterte, war nichts über ihm außer dem Himmel. Dort stellte er sich vor, wie seine Mutter aussah, wenn er sie vom Himmel aus betrachten würde, seinen Baum, sein Baumhaus, die Dorfstraßen, die Humairuna, die Konturen der Berge, wenn sie in den Tälern aufeinanderstießen. Er kann sich den Anblick jetzt gut ausmalen, ein lebendes Wesen, das sich bewegt, das ihn beobachtet und seine Bewegungen nachahmt. Er scheint sein genaues Ebenbild zu sein. Es sind keine Vögel am Himmel! Seltsam, dass die Vögel an einem sonnigen Sommertag verschwunden sind. Aber die Berge, die über Tausende Jahre hinweg unzählige Kriege und Ströme von Blut bezeugt haben, fallen in aller Ruhe zum Ufer des Meeres ab, entspannt und gewiss, dass es sich nur um ein vorübergehendes Ereignis handelt. Die Granate, die versehentlich niederging, als eines der Flugzeuge seine Last über dem auf dem Berg stationierten Posten abwarf, machte ihnen keine Angst.

Ali begreift nicht, warum das Flugzeug diese Granate abgeworfen hat. Wie können sie eine Granate auf sie abschießen, wo sie sie doch beschützen sollen? Wie konnte so ein Fehler passieren? Er kann sich nicht bewegen, alles in seiner Umgebung ist unklar und verschwommen. Eine Sekunde lang hat er gedacht, er sei verletzt und könne die Wunde nicht sehen. Er denkt auch, dass er allein ist und die anderen Soldaten verbrannt oder wie auch immer gestorben sind, denn er kann keinen von ihnen sehen. Er hört noch nicht einmal ein Stöhnen.

Er ist also allein. Doch dieser Baum kommt ihm bekannt vor, er sieht aus wie ein Zwillingsbaum seines Baumes im

Dorf. In seinem Herzen leuchtet ein Licht auf, und das hält er für ein gutes Omen. Der Baum wird ihn beschützen, das weiß er, Bäume beschützen die Mausoleen und genauso alle Menschen, die Zuflucht bei ihnen suchen.

Kaum gelingt es ihm, seinen Rumpf ein Stück anzuheben und sich auf den rechten Ellbogen zu stützen, schreit er vor Schmerz und sinkt wieder herab. Da sieht er, wie sich auch der Kopf gegenüber hebt, einen Schrei ausstößt und genau wie er wieder zusammensackt. Das Echo der Schreie hallt in den Bergen wider. Die Bewegung des anderen verwirrt ihn. Er stellt sich vor, dass er seinen Schatten sieht oder dass er eine Welt beobachtet, die seiner Welt ähnelt, eine Parallelwelt. Vielleicht ist die glühende Sonne schuld daran, dass er sich das ausmalt, oder vielleicht ist es wirklich er selbst dort drüben! Seine schemenhafte Bewegung, die er mehrmals wiederholt, ist von der anderen Seite aus sichtbar, und er sieht sich selbst, wie er mit der Bewegung des Anderen spielt, oder mit der seines Schattens, oder seiner Halluzinationen, was auch immer. Er hat jegliche Gewissheit verloren, er weiß nur, dass er auf irgendjemanden wartet, der hier auftauchen wird, um ihn zu retten. Vielleicht ist gar nicht viel Zeit vergangen, vielleicht nur ein paar Stunden, auch wenn es ihm vorkommt wie über ein Jahrhundert. Wann ging die Granate nieder? Er kann sich nicht erinnern. Er versucht, allmählich wieder zu sich zu kommen. Da ist dieser Baum und der Andere dort. Er kennt auch diese Frau, ihr Bild wird immer deutlicher, er kann sich sogar an die Farbe ihrer Augen erinnern, die in der Zeit versunken sind.

Sie sind grauweiß. Sie sieht aus, als sei sie blind, aber nicht vollständig. Mit zitterndem Finger zeigt sie auf ihren Kopf und sagt zu ihm: »Hier, mit diesem Kopf. Ich sehe mit dem Kopf, nicht mit meinen Augen.« Sie ist es gewesen, die zu ihm sagte, der Baum beim Heiligengrab sei ihr einziger Freund und sie kümmere sich um den Sohn ihres Freundes. Im Dorf haben sie sie angeschrien, sie solle mit diesem unsinnigen Gefasel aufhören, sie solle den Jungen nicht verrückt machen. Da hat sie sie bespuckt.

Er lernt sich selbst neu kennen. Er erinnert sich an die Humairuna, die ihm die Geschichte von den Bäumen erzählte. Er muss sich gut konzentrieren, er hat nicht viel Zeit. Er brauchte einen halben Tag, um zu sich zu kommen, seinen Rumpf zu bewegen, festzustellen, dass er lebt, zu wissen, wer er ist, wie er heißt, wer seine Mutter ist und wie sie heißt. Jetzt kennt er auch die Humairuna wieder. Eine göttliche Fürsorge begleitet ihn, sonst wäre ihm diese Alte nicht in den Sinn gekommen. Die Frau, bei der er aufgewachsen ist und die ihn die Sprache der Bäume lehrte. Sie sagte immer, dass die Bäume es sind – entgegen den Lügen der Leute –, die die Erde zusammenhalten, indem sie tief in ihr Inneres dringen. Die Dorfbewohner haben sich stets über die alte Frau lustig gemacht, die, obwohl sie die hundert bereits überschritten hatte, ihr Haar noch immer mit Henna färbte, das sich von Jahr zu Jahr immer mehr in ein schreiendes Orange verwandelte. Seit dreißig Jahren bittet sie eine der Frauen, ihr beim Färben zu helfen. Sie klopft jeweils spontan an irgendeine Tür, ruft eine

Frau beim Namen und befiehlt ihr, herauszukommen und ihr das Haar zu färben. Die Dorfbewohner fanden das lächerlich, aber für die Humairuna war es lebenswichtig. Sie hasst weiße Haare. Das hat sie Ali gesagt und auf die Zeit gespuckt. Sie lebte neben dem Baum, aber das hinderte sie nicht daran, sich um ihre Reinlichkeit, ihre Haare, ihr Aussehen und ihre skurrile Kleidung zu kümmern: ein langes Gewand mit einem bunten Gürtel, auf dem Kopf ein besticktes Kopftuch. Es sei so alt wie sie selbst, sagte sie, und war mit einer dünnen Nadel und einem weizenfarbigen Seidenfaden gearbeitet. An kalten Tagen verhüllte sie damit ihr Gesicht, sodass nur ihre Augen herausschauten. Sie hat es gehütet wie ihr Leben. Sie sprach über viele Dinge mit Ali. Bevor er zum Militär ging, sagte sie zu ihm, sie wisse, dass sie im Jahr 2013 lebten und dass sie vor über hundert Jahren geboren sei! Und sie würde länger leben als nötig, aber wenn sie sterben würde, wäre sie glücklich, weil sie ein ganzes Jahrhundert lang gelebt und möglichst viele Schurken hatte brüskieren können, wie sie sich ausdrückte. Als sie einmal unter dem Baum des Heiligengrabs saßen und sie ihn fragte, ob er wisse, was Liebe sei, antwortete er nicht, errötete aber auch nicht. Er zeigte keinerlei Reaktion, er starrte nur weiter ins Leere und verspürte einen tief sitzenden Schmerz, wie er ihn noch nie erlebt hatte. Die Humairuna aber rief laut aus: »Aber Ali, wer die Liebe nicht kennt, kennt das Leben nicht! Schau mal!« Dann stand sie schwankend auf und stammelte: »Siehst du mich? Ja, mich! Türken, Franzosen, Araber ... Ich habe sie alle gekannt.

Ich habe die Liebe gekannt, und mein Herz wird beruhigt sterben. Siehst du die Berge dort? Ich kenne sie alle, und mit jedem Berg verbindet mich eine Geschichte. Ach, die Zeit …« Sie hatte noch nicht zu Ende gesprochen, da trat ein Mann aus dem Mausoleum und beleidigte sie im Vorbeigehen, sagte, sie solle sich schämen angesichts ihrer grauen Haare. Aber sie beachtete ihn gar nicht, sondern wiederholte nur: »Ach, ja … die Zeit!« Dann lachte sie und zeigte wieder mit dem Finger auf den Gipfel des gegenüberliegenden Berges: »Dort … dort, wo Leute wie du das Leben nicht ertragen können, weil es so hart ist … dort habe ich gelebt.« Sie sprach dabei Hocharabisch. Ali hatte sich nie darüber gewundert, dass sein Dorf so weit oben am Berg lag, glaubte aber auch nicht, dass es ein noch höheres als das seine gab. Die Humairuna lachte wieder klirrend auf ihre ganze eigene Art, bis das Lachen zu Schluchzen wurde und ihr Tränen über die Wangen liefen. »Möge Gott uns vor diesem Lachen schützen!«, sagte sie. »Ich habe Leute gesehen, die Angst haben zu lachen. Meine Güte, wir haben sogar Angst davor zu lachen.« Dann lachte sie.

Als Ali geboren wurde und zwei Tage lang nicht schrie, obgleich seine Atemzüge zu hören waren, glaubten alle, er werde sterben. Die Humairuna kümmerte sich um Familien wie die von Ali, was bedeutete, dass sie sie von Zeit zu Zeit besuchte. Als sie erfuhr, dass Nahla einen schwächlichen Jungen zur Welt gebracht hatte, eilte sie auf ihren Stock gestützt zu ihr und betrat das Haus, ohne um Erlaubnis zu bitten. Sie verkündete der verstörten Nahla, dass ihr Sohn leben werde, dann schrie sie, warum sich alle hier in diesem Zimmer versammelt hätten, da könne der Junge ja ersticken: »Ein Zimmer, so winzig wie die Möse eines Skorpions, und da soll er atmen?« Daraufhin befahl sie Nahla, ihr mit ihrem Sohn zum Mausoleum zu folgen.

Obwohl die Dorfbewohner sie für verrückt hielten, hatte die Erfahrung sie gelehrt, auf diese Frau zu hören, die über ein eigentümliches Wissen verfügte, von dem niemand wusste, wie sie es erworben hatte. Früher hatte sie gelesen, aber als vor zehn Jahren ihr Sehvermögen nachließ, hatte sie damit aufgehört. Sie sang in einer seltsamen Sprache, Ali hörte die Leute tuscheln, es sei Syriakisch. Andere behaupteten, sie habe Türkisch gelernt, weil sie, nachdem ihr Vater im Seferberlik verschollen war, bei den Türken gelebt hätte. Außerdem beherrsche sie Französisch, weil sie bei den Franzosen als Krankenschwester gearbeitet habe. Auch habe sie einen der französischen Ingenieure begleitet, der Brücken baute. Dann habe sie sich einer französischen Delegation angeschlossen, die von der französischen Mandatsregierung in die Berge geschickt worden war, um in einem der Bergdörfer eine Schule zu bauen. Dort habe sie Lesen und Schreiben gelernt. Einer behauptete sogar, sie habe einem Empfang von General Gouraud beigewohnt. Andere sagten, sie habe sich mit Scheich Salih Al-Ali und seinen Männern getroffen, über den man sich Geschichten und Legenden berichtete. Aber keiner kannte die Wahrheit. Sie war aus den weit entfernten Bergen im Norden gekommen, als die Provinz Iskenderun noch Teil Syriens gewesen war, aber auch sie selbst brachte die Dinge durcheinander. Sie konnte sich nur noch daran erinnern, an einem Tag geboren worden zu sein, an dem einer der vielen Kriege ausbrach, die die Menschen immer wieder neu erfanden. Und sie war, dank ihres Gedächtnisses, stark geblieben, wie sie oft sagte, aber die Geschichten, die sie über sich selbst erzählte, wurden von vielen Leuten in Zweifel gezogen. Die Menschen hatten tatsächlich Angst vor ihr, denn sie und der Tod waren Freunde.

Damals, vor neunzehn Jahren, als Ali geboren wurde, war sie im Alltag der Dorfbewohner noch sehr präsent gewesen, und die Menschen hörten auf sie. Deshalb erhob sich Nahla und ging langsam hinter ihr her, nicht aus Erschöpfung, sondern weil die Humairuna im Laufe der Jahre die Angewohnheit angenommen hatte, sich so schlurfend und mit gekrümmtem Rücken fortzubewegen, dass man meinte, sie könne bei jedem Schritt stürzen. Die beiden blieben lange im Mausoleum. Sie rieben Ali mit gesegnetem Öl ein, dann befahl die Humairuna seiner Mutter, Ali unter den Baum des Grabmals zu legen, dessen dichte Zweige so ausladend waren, dass vier Personen darunter Platz fanden. Nahla legte Ali dort ab, zündete Weihrauch an und blieb murmelnd neben ihm sitzen. Der Baum beschattete das Grab, genau wie es bei all den anderen Mausoleen in den Ebenen und Bergen in Meeresnähe der Fall war. Es waren Hunderte Jahre alte Bäume, an die ob ihrer Heiligkeit niemals ein Mensch Hand angelegt hätte.

Unter diesem Baum – der später während des Krieges ein Zufluchtsort für die Witwen werden sollte, die nahebei im sogenannten Witwenviertel wohnten – unter diesem Baum tat Ali seinen ersten Schrei. Sein Vater und seine Geschwister kamen herbeigelaufen und flehten Gott an, den Jungen zu retten, und am Abend kam der Dorfarzt und teilte ihnen mit, dass der Kleine bei guter Gesundheit sei und sie nach Hause gehen sollten.

In späteren Jahren würden die Dorfbewohner dem Jungen sagen, dass die Humairuna ihn gerettet und behauptet habe, er sei der Sohn des Baumes, und ihm sei ein neues Leben vorherbestimmt. Doch als Ali älter wurde und in die Dorfschule ging, forderte die Humairuna ihn auf, sich nicht um das Gerede dieser Idioten zu kümmern. Sie habe damals getan, was getan werden musste, um ihn aus diesem Loch zu holen, das man Haus nennt. Andererseits bedeute das aber nicht, dass er nicht der Sohn des Baumes sei. Jedes Jahr erzählte sie ihm Geschichten über alles Mögliche. Sie kam morgens zu der Familie und ging nachmittags wieder fort, und wenn es Nahla zu viel wurde, antwortete sie: »Hast du etwa vergessen, dass er mir genauso gehört wie dir?« Dann schwieg Nahla und erlaubte ihr zu bleiben. Seit Ali vier Jahre alt war, nahm sie ihn regelmäßig mit zum Mausoleum. Und Ali wählte, zusätzlich zu seinem Hausdach am Berghang und seinem Baumhaus, die Krone dieses Baumes als Zufluchtsort. Er lernte, zwischen den Ästen hin und her zu hüpfen und sogar leichtfüßig von Baum zu Baum zu fliegen. Man konnte ihn zwischen den Bäumen des Waldes geschickt von einem Ast zum anderen springen sehen. Später begnügte er sich damit, im Baum des Grabmals und dem

Baum seines Baumhauses zwischen den Ästen hin und her zu fliegen. Als die Menschen in seiner Umgebung merkten, dass er ein schweigsames Kind war, jedoch mit Vögeln sprach, nannten ihn die Jungen im Dorf fortan »die Amsel der Humairuna«.

Das Dorf lag auf einem schmalen Terrain, die Häuser standen auf den terrassenartigen Abstufungen des Berghangs. In der Mitte hockten ein paar kleine ärmliche Hütten, die die Humairuna regelmäßig aufsuchte und inspizierte. Ihre Mahlzeiten nahm sie jedoch ausschließlich vor dem Mausoleum ein. Das war eine Regel, die alle kannten. Dort saß sie und wartete darauf, dass die Dorfbewohner ihr etwas zu essen brachten. Als später der Krieg ausbrach und sie in ihrer Trauer und ihrem Hunger versanken, vergaßen sie die Humairuna manchmal. Zum Glück aber suchten die Bewohner regelmäßig das Mausoleum auf, um ihre Schlachtopfer darzubringen, weil sie hofften, dass ihre Söhne dadurch an der Front geschützt würden. Und bei der Verteilung der Opfergaben hatte die Humairuna Priorität, denn sie bezeichnete sich selbst immerzu als Hüterin des Mausoleums. Das Geschwätz einer Frau wie ihr ärgerte die Männer nicht, wegen ihrer Gebrechlichkeit und ihres Geplappers betrachteten sie sie wie einen Hund, der etwas zu fressen brauchte. Nur aus diesem Grund ertrugen sie ihr Gefasel. Bei ihren religiösen Zusammenkünften jagten sie sie jedoch fort und erlaubten ihr nicht, sich dem Heiligengrab auch nur zu nähern. In den letzten Jahren war es der neue Scheich des Dorfes, der sie verfluchte und vertrieb, ohne dass jemand wagte, ihn daran zu hindern, und am Ende folgten viele seinem Beispiel.

Niemand kannte den richtigen Namen der Humairuna, und sie behauptete, ihn vergessen zu haben. Man erzählte sich, sie heiße eigentlich Yamama, doch als einer der Männer sie Yamama rief – Ali saß gerade in ihrem Schoß –, spuckte sie ihm ins Gesicht. »Yamama ist tot«, sagte sie zu ihm. »Und wie heißt du dann?«, fragte er zurück. »Ich bin die Schwester des Baums, du Idiot, und Ali ist sein Sohn!«

Ali erinnert sich, dass sie neben dem Baum lebte, auf jener Seite, auf der die Sonne unterging. Es sei der beste Platz der Welt zum Leben, sagte sie, denn sie wolle gemeinsam mit der Sonne schlafen gehen. Ihre Tür lag der Sonne genau gegenüber. Sobald die Sonne im Meer versank, verschwand die Humairuna mit ihren Siebensachen, schloss die Tür und machte die Augen zu. Kein Mensch hatte sie jemals nach Sonnenuntergang zu Gesicht bekommen. Als eine Frau sie einmal frech fragte, warum sie denn ihr Haar orange färbe, antwortete sie: »Das ist die Farbe der Sonne, sie hat mir diese Farbe geschenkt.« Ihre Hütte hatte sie direkt unter dem Baum errichtet. Damals war sie noch in ihren Fünfzigern gewesen, und die Leute hatten ihr beim Bau geholfen. Als sie zu ihnen sagte, sie werde die Dienerin des Heiligengrabs werden, obwohl Frauen das verboten war, waren sie einverstanden; sie durfte bleiben und das Grab beschützen, weil sie behauptete, eine Waise zu sein. Die Baracke aus Holz und Blech, die sie ihr Haus nannte, bestand aus einem einzigen Zimmer, in dem sie ihre mysteriösen

Sachen angehäuft hatte. Niemand außer Ali wusste, was sich darin befand. Unter dem Baum hatte sie eine Kuhle in den Felsen geschlagen, in die sie ein Kissen gelegt hatte und die ihr als Sitz diente. Es gab zudem ein altes steinernes Becken, in dem sie Obst und Gemüse einweichte und ihre Kleidung wusch. In den Gärten durfte sie Birnen, Äpfel, Pflaumen und was immer ihr gefiel, pflücken, ohne es zu bezahlen. Ihr größter Genuss aber bestand darin, aus dem einheimischen Tabak eine Zigarette zu drehen, worin sie trotz ihrer zitternden Finger noch immer äußerst geschickt war. Die Bauern schenkten ihr Tabakblätter, die sie selbst zerbröselte. Sie nahm sich ein Tabakblatt, legte es unter den Blicken des kleinen Ali vor sich hin, schnitt es in zwei Teile, schnupperte daran und rief aus: »Allah, Allah! Wie zur Zeit der Abu-Riha-Zigaretten!«, und dann erzählte sie ihm die Geschichte dieses Tabaks und viele andere Geschichten mehr. Das Aroma der Abu-Riha-Zigarette sei der Geruch der Not der Armen, die vor zweihundert Jahren in diesen Bergen gelebt hätten. Sie erzählte ihm, wie die Bauern damals wegen der von den Türken erhobenen Steuern rebelliert hätten. Und wie die Familien der Großgrundbesitzer aus den Bergdörfern mit den Türken gemeinsame Sache gemacht hätten, sodass die Bauern ihre Ernte nicht hätten verkaufen können und ein ganzes Jahr zu Hause sitzen mussten. Ein Jahr, in dem viele hungers starben. Sie lebten in einem einzigen Zimmer, in dem sie schliefen, aßen, tranken, ihre Tiere hielten und die Schnüre mit dem Tabak aufhängten. Sie zündeten in ihren Öfen Feuer an und zeugten in diesem Zimmer ihre Kinder.

Sie sagte, es handele sich dabei um eine ganz seltene Tabaksorte, denn die Tabakblätter hätten ein ganzes Jahr lang den Geruch der Menschen und die Ausdünstungen der Tiere aufgesogen. Dann hätten die Bauern ihre Ernte über Zwischenhändler – Feudalherren aus den Bergen, bei denen sie arbeiteten – an ägyptische Händler verkauft. Sie sagte, damals hätten die Leute noch Ehre im Leib gehabt, auch wenn die Reichen immer reicher wurden. Und die Bauern, die ihre Aromen und ihre Not verkauft hatten, wurden immer ärmer. Das hinderte sie aber nicht daran, diese Art der Tabakproduktion weiterzuentwickeln, nachdem die Ägypter diesen Tabak für gut befunden hatten und er unter dem Namen Latakia-Tabak bekannt wurde. Sie sagte, sie habe in der Regie-Tabakfirma gearbeitet, bevor sie verstaatlicht wurde, und sie könne die verschiedenen Tabaksorten blind an ihrem Geruch erkennen. Sie lachte, während sie Ali das alles erzählte, der viele ihrer Geschichten bereits kannte. Irgendwann werde sie ihm auch ihre wahre Geschichte erzählen. Wenn er zum Mann herangewachsen sei. Das versprach sie ihm.

In den letzten fünfzig Jahren hatte man ihr verboten, das Mausoleum zu säubern. Früher hatte man ihr das unter der Aufsicht des Mausoleumswächters erlaubt. Das war in jenen weit zurückliegenden Tagen vor etlichen Jahren gewesen, an die sich niemand mehr erinnern konnte, denn die Menschen waren nur allzu bereit zu vergessen. Aber sie vergaßen nur das Leben in seiner Schönheit, die bitteren Tage waren in ihrem Gedächtnis fest verankert. Damals waren die Grabdiener asketische Mystiker gewesen, Scheichs, die ihre Zeit mit Lesen und Schreiben verbrachten und die Grundlagen der Religion, der Sprache und der Poesie unterrichteten. Damals verfügten sie noch über soziale und spirituelle Macht über ihre Religionsgemeinschaft. Dann entstand eine neue Schicht von Scheichs, in den Achtzigerjahren des vorigen Jahrhunderts, als sich die Macht des Vaters des jetzigen Präsidenten festigte. Mit diesen Scheichs wollte die Humairuna jedoch nichts zu tun haben. Sie hatte ihr Wissen von großen Scheichs erworben, die bereits gestorben waren, sie hatte ihnen gelauscht, war ihnen gefolgt und hatte sich an das gehalten, was sie gesagt hatten. Niemand hatte damals bemerkt, dass diese Frau mit den roten Haaren, die sich selbst in der Nacht mit seltsamen Namen anrief, sich alles merkte, was sie sagten, und dass sie von Tag zu Tag mehr Gedichtverse von großen Männern der Religion, von Prinzen und Heiligen aufsagen konnte. Dass sie den Koran auswendig wusste und ihn morgens rezitierte. Ihre fröhliche melodische Stimme gefiel ihnen sogar. Ali lernte Gedichte und den Koran von ihr, genau wie die Klänge der Bäume und der Vögel, und besuchte sie fast täglich. Das rief Nahlas Groll hervor, zumal die Leute behaupteten, die Humairuna habe Ali etwas von ihrer Verrücktheit weitergegeben. Die Humairuna ihrerseits war stolz auf ihn: »Das wird einmal ein Mann der Religion und des Rechts werden«, sagte sie. Seine wütende Mutter hingegen war täglich mit ihrer Arbeit auf dem Land anderer Leute beschäftigt und vergaß den Streit allmählich.

Ali hebt die Hand, stützt sich darauf, schafft es, sich ein Stück aufzurichten, und sieht die Stelle, an der er verwundet ist. Sein rechtes Bein ist vom Oberschenkel bis zur Mitte der Wade aufgerissen. Der Stoff ist zerfetzt, darunter klafft eine lange Wunde. Doch in Erinnerung an die Humairuna haben sich seine Gesichtszüge entspannt. Er streicht mit den Fingern über die Ränder der tiefen Wunde, das klebrige Blut brennt. Er ist sich jetzt sicher, dass die Szenen, die er bei seinem Erwachen aus der Ohnmacht sah, nur das Trugbild der Beerdigung seines älteren Bruders waren. Auch die Humairuna war dort, und zum ersten Mal seit langer Zeit war sie vollkommen durcheinander. Voller Sorge hatte sie ihn und den Sarg angesehen und ihm stotternd zugeflüstert: »Vielleicht ist es Zeit, dass du das Dorf verlässt, mein Herz.« Dann war sie fortgegangen, hatte seine Mutter bei der Hand genommen und mit sich gezogen, um sich zwischen den Männern hindurchzudrängeln. Er bewegt sein verletztes Bein und denkt daran, dass sie an jenem Tag dem Zain ins Gesicht gespuckt hat. Er wendet sich um in Richtung Sonne, dorthin, wo sein Gegenüber sich bewegt und gleichfalls zur Sonne blickt, genau wie er, auf den rechten Ellbogen gestützt. Er hat ihn fast vergessen. Jetzt aber will er wissen, wie groß die Entfernung ist, die die Sonne von den gegenüberliegenden Berggipfeln trennt, um abzuschätzen, wie viel vom Tag noch bleibt.

# 4

Der Ball fiel.

Er erinnert sich an die schmerzende Stelle am Kopf und an den Staub, der sich auf sein Gesicht legte, als er stürzte. Der Ball hatte genau die Stelle getroffen, die ihn jetzt schmerzt. Wie unterschiedlich die beiden Arten von Schmerz doch sind! Aber er sieht ihn, er sieht, wie der Fußball, den er in die Höhe geschossen hatte, sich rasend schnell drehte, strudelnd verschwand, wieder auftauchte und ihm auf den Kopf fiel.

Ali versucht, sich in diesem Moment nicht zu bewegen, denn die Vorstellung von dem Ball verwirrt ihn und lässt ihn in ein schwarzes Loch stürzen, obwohl seine Wange die Erde berührt und er die Wurzeln spürt. Er nimmt ihren vertrauten Geruch wahr, sie sehen aus wie sich windende Schlangen. Er hängt irgendwo zwischen Leben und Tod, oder zwischen Tod und Leben. Gibt es einen entscheidenden Unterschied zwischen diesen beiden Formulierungen? Er denkt nicht darüber nach, er mag Sprache nicht, er liebt nur seine eigene Welt. Dann hört er das Gebrüll: Es zerreißt ihn, als würde ein scharfes Messer ihn in zwei Hälften teilen; ein schwaches Stöhnen dringt an sein Ohr. Seine Stirn legt sich in Falten, die Welt um ihn herum verschwindet, und er versinkt in einem Anfall von Schmerz. Plötzlich sind die Geräusche wieder da, sie kommen aus seinem Kopf, er hört das gleiche Gebrüll. Der Ball dreht und dreht sich: »Heyyy Leute, hey Welt, der Präsident ist tot! Möge Gott euch keinen Erfolg verleihen, niemandem von euch, unser Präsident ist gestorben … Heyyy Leute, hey Welt!« Die Worte gellen ihm nachdrücklich in den Ohren.

Wer hat das gerufen? »Heyyy Leute, hey Welt, der Präsident ist tot!« Jetzt hört er es wieder. Er befindet sich in einem Zustand der Unausgeglichenheit, ihn überkommen alle möglichen Arten von Emotionen, er hängt in der Luft, verbrennt im Feuer, stürzt in ein tiefes Loch und sieht den Ball, der auf dem kleinen Sportplatz der Schule herunterfällt und davonrollt. Er ist in der Schule, damals, an dem Tag der Angst. Er erinnert sich an den Schlag, den er vom Besitzer des Ladens neben der Schule hatte einstecken müssen, von dem schmalen Mann mit dem dunklen Teint und den runden Wangen, der es fertigbrachte, seiner Frau alle neun Monate ein Kind zu machen. Ali sah sie immer mit ihrem aufgeblähten Bauch neben ihrem Mann im Laden stehen, Kartons schleppen und ausleeren. Ihre sich stets vergrößernde Kinderschar war eine kuriose Ansammlung schmaler dünner Kreaturen, die um sie herumhüpften und die Ali gerne mit braunen Würmern verglich. Dieser Ladenbesitzer, der Ali geschlagen hatte und der dann auf alle losgegangen war, prahlte mit seinen Kindern, die, als sie erwachsen waren, eigene kleine Räume neben seinem errichteten, in denen sie wiederum Kinder oder Würmer zeugten, die sich überall in den Bergen ausbreiteten, wie Ali sich ausdrückte. Trotz seiner fünfzig Jahre bezeichnete sich der Ladenbesitzer selbst als Schlauberger. Ali kannte die Bedeutung dieses Wortes, er wusste, dass es so viel hieß wie klug sein, aber weder lachte er darüber, noch wunderte er sich. Er wusste auch, dass er sich einen enormen Fausthieb von ihm eingefangen hatte, nachdem er mit dem Ball auf ihn geschossen hatte, mit diesem Ball, der vor seinen Augen tanzt, während er versucht, den Baum zu erreichen. »Heyyy Leute, hey Welt, der Präsident ist tot! Geht nach Hause. Bei Gott, wir werden alle sterben!« Die Kinder kreischten, aber Ali schrie nicht. Sie waren über zehn Jungs auf dem Schulhof, dessen Mauer ein Loch hatte, groß genug, dass sie sich mit ihren schmalen Körpern hindurchzwängen konnten. Eine Primarschule inmitten des Dorfes, wo es die einzige ebene Fläche gab, auf der die Kinder Fußball spielen konnten. Ali gehörte zwar nicht zu den Fußballliebhabern, aber er war seinem großen Bruder nachgelaufen. Vielleicht war er sechs oder sieben Jahre alt, er konnte lesen und schreiben und besuchte noch immer das Mausoleum, um dem alten Scheich und der Humairuna zu lauschen, die Verse rezitierte. Es war ein Junitag gewesen, als sein Vater gebrüllt hatte, er solle vom Dach steigen und ihm helfen, Steine zu schleppen, um die unter dem Schnee zusammengebrochene Steinmauer zu reparieren. Da war er aufgesprungen und hatte Reißaus genommen, war seinem Bruder hinterhergelaufen, der zum Schulhof gegangen war, um Tore zu schießen. So werden Männer zu Männern. Indem sie Tore schießen. So hatte es ihm sein Bruder gesagt, und deshalb war er ihm nachgelaufen. Aber er hatte nicht damit gerechnet, dass der Schlauberger ihn so heftig schlagen würde. Der Mann sprang immer wieder in die Luft und tobte, schlug die Kinder und brüllte, der Präsident sei tot.

Er sieht den Ball mit den komischen schwarz-weißen Vierecken vor sich. Später hatte er erfahren, dass es keine Vierecke waren, zumindest nicht laut seinem jüngsten Bruder, der sich in Geometrie hervortat. Trotzdem faszinierte ihn dieser Ball. Er liebte ihn, denn er konnte fliegen, er flog durch die Beine und kehrte zu den Beinen zurück und kitzelte den Boden und die Luft, und vielleicht war er wie er und liebte es, zu schaukeln und mit dem Wind zu spielen. »Schieß!«, brüllte sein Bruder und hob eine Hand, und Ali schoss, und sein Herz hüpfte vor Freude. Der Ball flog in die Höhe, verfolgt von den verwunderten Blicken der Kinder, und Ali beobachtete, wie er über die Mauer des Schulhofs hinwegflog und dahinter verschwand. Sein großer Bruder schaute Ali stolz an und reckte die Brust. Die Kinder aber waren wütend, weil der Ball verschwunden war. Dann erst begriffen sie, dass Ali mit seinem heftigen Schuss den Kopf des Ladenbesitzers getroffen hatte, der jammernd heulte. Er zwängte sich durch das Loch in der Schulmauer und schrie: »Ihr verdammten Rotznasen, ihr spielt Fußball, wo unser Präsident tot ist? Los, verschwindet, geht nach Hause, der Präsident ist tot. Bei Gott, Leute, ihr werdet alle sterben!« Mit offenen Mündern kamen die Kinder näher, denn sie hatten noch nie einen Mann rotzverschmiert weinen und in die Luft springen und sich wie die Frauen auf den Kopf schlagen sehen. Ali tat es den anderen Kindern nach, er schaute in den blauen Himmel, dann auf die Hände des Ladenbesitzers, die er flehentlich in die Höhe streckte: »Mein Gott ... mein Gott, schütze uns, mein Gott!« Die Kinder sahen sich verängstigt und verwirrt an. Doch Ali sah nichts in diesem Himmel, was ihm Angst machte. Er hatte Angst, weil die Kinder weinten, weil der Ladenbesitzer sie und ihre Mütter verfluchte und begann, auf die Kinder einzuschlagen. Der Schlag, der ihn traf, warf ihn zu Boden, und die anderen Kinder verstummten unter weiteren Hieben. Sie wussten nicht, was sie tun sollten, als der Mann wieder anfing zu kreischen: »Los, verschwindet, nach Hause mit euch! Bei Gott, ihr werdet tausend Jahre heulen! Bei Gott, wir werden nach seinem Tod in der Scheiße sitzen!« Ein Junge schrie zurück, er solle sie in Ruhe lassen. Da tauchte die älteste Schwiegertochter des Mannes auf, raufte sich die Haare und jammerte, sie sollten aufhören zu spielen, aus Respekt gegenüber dem Verstorbenen, der, wie sich nun herausgestellt hatte, doch nicht ewig lebte. Die Kinder versammelten sich um den Ball zwischen ihren Füßen, und der Ladenbesitzer spuckte darauf. Alle befühlten ihre geschundenen Köpfe und weinten vor Schmerz. Nur Ali weinte nicht. Er war kurz davor, sich auf den Ladenbesitzer zu stürzen, doch die Kinder konnten ihn davon abhalten. Sie liefen fort, sprangen über die Mauer und ließen die verschlossene Schule und den Schulhof hinter sich. Dann warfen sie einen Blick in die enge Straße, wo der Ladenbesitzer erneut anfing zu schreien: »Los, ab nach Hause, macht schon!« Sie sahen das Bild, das an der Mauer hing, und auch am Haus des Ladenbesitzers direkt neben der Schule, überall, überall sahen sie Fotos des Präsidenten. Da wussten sie, dass etwas Schreckliches passiert war. Sie hatten die Bilder gar nicht mehr wahrgenommen, so lange hingen sie schon dort. Aber es waren nicht nur Fotos, auch eine Statue des Präsidenten stand in der Stadt. Allerorten war er zu sehen. Sie schauten sich panisch an und begriffen, dass sie rasch nach Hause mussten. Denn der Mann, der, seit sie auf der Welt waren, überall präsent war, war tot. Dieser Mann, dessen Bilder auf den Schulbüchern prangten, auf den Mauern ihrer Schule, im Fernsehen, auf den Hauswänden, im Zimmer des Direktors, an den Wänden in der Klasse und auf der Tafel, dieser Mann war tot! »Oje, der Präsident kann doch sterben!«, sagte Alis älterer Bruder zu ihm. »Ich habe geglaubt, der stirbt nicht. Aber der stirbt doch, wie alle Menschen!« Sie liefen durchs Dorf, und jeder nahm einen anderen Weg. Ali und sein Bruder rannten so schnell, dass ihnen die Fersen an die Hintern schlugen. Sie mussten weiter laufen als die anderen Kinder, denn ihr Haus lag am äußersten Rand des Dorfes. Sie bemerkten ein merkwürdiges Treiben und sahen Frauen aus ihren Häusern rennen und wehklagen. Dann blickte Ali zum Heiligengrab und sah die Eiche ganz allein dastehen. Das verstörte ihn, er überlegte, seinen Bruder allein weiterlaufen zu lassen und zum Mausoleum zu gehen und nachzuschauen, was die Humairuna machte. Dann dachte er, die Erde würde sich auftun und sie alle verschlingen, genau wie der Lehrer in der Schule ihnen immer prophezeit hatte. Er hatte diese Worte so oft gehört: »Hoffentlich tut sich die Erde auf und verschlingt euch und erlöst mich von euch!« Er hatte das damals alles nicht verstanden, aber die Humairuna hatte zu ihm gesagt, die Erde habe sich aufgetan und die Menschen verschlungen und das Unterste zuoberst gekehrt in diesen Ebenen beim Meer. Wieder und wieder habe sie sich umgewälzt, das nenne man Erdbeben. Als er älter wurde, lernte er, dass die Erde es gewesen war, die sich umgewälzt hatte, und nicht die Menschen. Aber er verstand nicht, warum der Lehrer darum flehte, dass die Erde sich auftue und sie verschlinge. Doch als er mit seinem Bruder nach Hause lief, vernahm er den Ruf einer alten Frau: »Ach, hätte sich doch die Erde aufgetan und mich vorher verschlungen!« Er stellte sich vor, dass die Erde ein großer Topf war, in den sie hineinstürzten. Dann würde ein riesig großes Wesen kommen, das »der Präsident« hieße, es würde den Deckel auf den Topf legen und sie alle lebend darin kochen. Vielleicht war es aber auch der Riese, der sie beschützte, wenn die Erde sich auftat und die Monster sie verschlangen, sagte er sich, während er weiterlief, noch immer, ohne zu weinen. Sein Bruder aber weinte, und auch die rennenden Menschen um sie herum. Alis Bruder nahm im Laufen seine Hand, zog ihn zu sich und sagte: »Du musst keine Angst haben!« Und immer noch strömten ihm die Tränen übers Gesicht. Ali knirschte mit den Zähnen, biss sich auf die Lippen, Schweißperlen tropften ihm von der Stirn. Er lief und lief, bis er merkte, dass seine Baumwolljacke ganz durchnässt war. Damals konnte er pfeifen und sehr gut allein sein. Das konnte er am allerbesten: allein sein. Und das kam den Leuten komisch vor. Aber er konnte es schon immer, seit er auf der Welt war. Er wollte mit seinem Baum alleine sein, stolz auf seine weite Welt. Die Welt, die die anderen nicht kannten. Damals konnte er kaum mit seinem Bruder Schritt halten, der ihn an der Hand hinter sich herzog. Er hatte das Gefühl, nicht richtig atmen zu können. Sein Bruder rannte, und er musste hinterher, sonst würde er mit der Granatapfelpeitsche geschlagen werden, der langen dünnen Gerte seines Vaters, die bei jeder Bewegung sirrte. Dann schaute sein Bruder ihn an und schrie: »Schneller, du Rindvieh!« Erst da bemerkte sein Bruder, dass Ali noch immer den Ball in den Händen hielt. Er presste ihn ganz fest an sich, dort, wo das Herz war. Der Bruder blieb erschrocken stehen und versetzte ihm eine Ohrfeige. Ali fiel, aber er weinte nicht, sondern hielt weiter den Ball umklammert. Dann nahm der Bruder ihn wieder an der Hand, und sie liefen weiter, und wieder stießen ihre Fersen an die Hintern, sodass es aussah, als würden sie fliegen. Zu Hause angekommen, stieg Ali die Holzleiter hinauf aufs Dach und hörte weit weg die Nachbarin seiner Mutter zurufen: »Geh runter, Schwester, hinunter mit dir. Unsere Stunde hat geschlagen.« Seine Mutter kam weinend aus dem Haus, rannte mit ihren Kindern nach Hause und schloss die Tür. Sie vergaßen Ali, der auf dem Dach den Ball umklammert hielt. Dann sah er die Nachbarn, jene aus der unmittelbaren Nachbarschaft und die weit entfernt wohnenden, er sah sie hineinschleichen und -schlüpfen und verschwinden und ihre Fenster schließen. Er hörte das Klagen und Jammern und ließ seine Finger über den glatten Ball gleiten. Vielleicht würden sie kommen und den Ball suchen, aber er war sich gewiss, dass die Kinder und ihre Eltern mit dem Tod des vermeintlich unsterblichen Präsidenten beschäftigt waren. Er hingegen harrte auf dem Dach der Dinge, den Berg gegenüber, und beobachtete den Hang und die Häuser. Er wartete darauf, dass sich die Erde auftue und sie alle verschlinge, wie der Lehrer gesagt hatte. Dann überlegte er, dass er doch eigentlich etwas anderes gesagt hatte, dass er gesagt hatte, er werde sie schlagen, schlagen, bis die Erde sich auftue und sie verschlinge. Und das hatte nichts mit dem Tod des Präsidenten zu tun. Jetzt führt er sich den Tag vor dreizehn Jahren vor Augen, an dem die Erde sich nicht aufgetan und sie nicht verschlungen hatte. Er hatte mit seinem Ball dagehockt und die Sonne und den Wald unten am Berghang beobachtet. Dann war er aufgestanden und zum Rand des Daches gegangen, auf die Seite, wo sich der Abhang befand. Er positionierte den Ball ganz ruhig auf dem Dach, trat ein paar Schritte zurück, starrte in die wenigen Wolken am Himmel und schoss ihn in die Luft. Er sah, wie der Ball in die Höhe flog, dann niederging und im Tal verschwand. Dann drehte er sich um und schaute zur Eiche beim Mausoleum, war aber zu weit weg, um die Leute zu erkennen, die sich unter ihren Ästen versammelt hatten. Er trat wieder an den Rand des Dachs, breitete die Arme aus und stellte sich die Flugbahn des Balls vor, der ins Tal gefallen war. Fast wäre er ihm hinterhergeflogen, doch da hörte er seine Mutter rufen, er solle zu ihnen herunterkommen. Seine Geschwister waren wieder aus dem Hause geschlichen und in Richtung Mausoleum gelaufen. Er stieg langsam vom Dach und schloss sich ihnen an. Dass er seine Plastikschlappen auf dem Dach vergessen hatte und barfuß war, bemerkte er nicht. Er lief geradewegs zum Heiligengrab, wo sich alle versammelt hatten, konnte jedoch nirgends die Humairuna entdecken. Er drängelte sich durch die jammernde und klagende Menschenmenge und sah die von Panik verzerrten Gesichter. Worte flogen durch die Luft. »Leute, sagt: ›Gott ist einer!‹«, forderte der alte Scheich des Mausoleums die Menschen auf, während der neue Scheich sich flüsternd mit seinen Männern unterhielt, die er um sich geschart hatte. Es gelang Ali, zwischen den Beinen hindurch in das Mausoleum zu schlüpfen. Die Humairuna saß in einer Ecke, im Kreis um sich Frauen und Männer, die Weihrauch verbrannten und vor sich hinmurmelten. Auf einem Gemälde waren die Rechtschaffenen Heiligen zu sehen, und zwischen ihnen ihr Präsident. Wer dieses Gemälde dort aufgehängt hatte, wusste niemand. Er bemerkte eine Frau, die ein Foto des Präsidenten in der Hand hielt und bitterlich weinte. Ali zwängte sich zwischen die Beine der Humairuna, die benommen beobachtete, was um sie herum vor sich ging, und schmiegte sich an sie. Als er ihr in die Augen blickte, sah er eine weiße Leere. Sie schaute ihn nicht an und nahm ihn nicht wie sonst auf den Schoß. Sie gab kein Wort von sich, sondern blickte flehentlich zu dem letzten grünen Kreis hoch oben in der Kuppel des Mausoleums. Der Ladenbesitzer aber schrie immer noch: »Oh weh … Möge Gott eure Väter verfluchen … Der Präsident ist tot!«

Die Tage gingen schwerfällig dahin, in Schweigen und Erwartung des Kommenden, und irgendwann hörte Ali kein Jammern mehr. Er war in seine Wälder geflohen und in Gedanken an den Fußball ins Tal hinuntergestiegen. Tagsüber blieb er verschwunden, und nachts schlief er auf dem Dach. Bald aber schon kehrte die Freude in die Herzen der Menschen zurück, und in den Gassen des Dorfes erhob sich erneutes Geschrei. Nachdem ein Monat vergangen war, schrie auch der Ladenbesitzer wieder, aber dieses Mal vor Freude und Glück. Ali sah, wie er die gleichen närrischen Gebärden vollführte, er sprang und hüpfte und schrie und brüllte die Leute an und zog von Haus zu Haus, winkte und stachelte seine Schwiegertöchter, seine Enkel und die Dorfbewohner an zu jubeln: »Es lebe der Präsident … es lebe der Präsident!« Ali dachte damals, dass der Präsident gestorben sei und dann wieder lebte, und glaubte für einen Augenblick, er sei doch unsterblich. Er wusste nicht, dass dieser Präsident der Sohn des anderen Präsidenten war, und dass es gar nicht so seltsam war, was die Leute riefen: »Der Präsident ist gestorben, es lebe der Präsident!« Der Sohn des Präsidenten war ein neuer Präsident geworden, Führer der Streitkräfte und Generalsekretär der Partei, die sein Vater ihm hinterlassen hatte.

Ali wusste nichts von all diesen Dingen. Er war verwirrt und beobachtete den Ladenbesitzer und sein Gehampel und erinnert sich jetzt daran, dass der damals gelacht hatte. Dann vergaß Ali ihn, und er vergaß auch, wie beruhigt und glücklich der Mann von jenem Tag an lebte. Er erinnerte sich erst wieder an ihn, als schon der Krieg tobte und Ali ihn hinter den Leichenbahren seiner Kinder herlaufen sah. Damals hatte er ausgesehen wie ein vertrockneter Baum.

Jetzt verspürt Ali wieder diesen tief sitzenden Schmerz im Kopf, während er in Gedanken den Fußball beobachtet, der sich vor seinen Augen dreht und dann verschwindet. Der Fußball, der im Tal verschwand. Er hatte nicht mit den Wolken gewetteifert, er war nicht in die Höhe gestiegen und im Himmel verschwunden, wie er geglaubt hatte, als er seinen kraftvollen Schuss getan und gleichzeitig auf eine vorbeiziehende Wolke gestarrt hatte. Jetzt spürt er angesichts seiner Kraftlosigkeit und seiner Wunde die Bitterkeit jenes Sturzes. Er glaubt, dass sein vergangenes und sein gegenwärtiges Leben lediglich aus den wenigen Metern zwischen der Einschlagstelle der Granate und dem Baumstamm bestehen. Ein kurzes Leben, ein vollkommenes, ausreichend, um hier zu enden. Und als er spürt, dass diese verbleibenden Meter das komplette, ihm verbliebene Leben darstellen, fragt er sich, was er hier macht. Und gegen wen er kämpft. Und für wen. Und wer er ist. Zum ersten Mal denkt er über diese Frage nach: Wer ist er wirklich? Und wer war er? Fassen die wenigen Meter, die ihn vom Baumstamm trennen, sein Leben zusammen? Hat er tatsächlich ein Leben gelebt, oder war es nur ein flüchtiges Durchschreiten? Und wird er ein Stern im Himmel sein? Er denkt wieder an das Gesicht seines Bruders, der darauf bestanden hatte, an vorderster Front zu kämpfen, um die Heimat zu verteidigen. Er findet keine Antworten auf seine zahllosen Fragen. Welches ihm fremde Leben sieht er? Das Leben eines anderen Wesens? Gleichsam, als sähe er einen jungen Mann von neunzehn Jahren, der auf den Gipfel eines Berges geschleudert und von einem Flugzeug versehentlich mit einer Granate beschossen wurde? Gleichsam, als sei er selbst es, der versucht zu verstehen, was dieser junge Mann auf den wenigen ihm verbliebenen Metern tut, um sich für das Leben zu entscheiden?

Er bewegt den Oberkörper, streckt sich, öffnet die Augen, um sich davon zu überzeugen, dass er am Leben ist, ein Leben, das aus einigen wenigen Metern besteht. Da sieht er in seiner Fantasie den gleichen Fußball fliegen. Er stößt einen Seufzer aus, und in diesem Moment, in dem er in den Abgrund seiner Fragen und Qualen fällt, in diesem Moment hat er das Gefühl, von sich selbst isoliert zu sein. Er denkt an jenen Anderen und will nur eins wissen: ob er jetzt imstande wäre, sein Gesicht zu drehen und den Kopfschmerz zu überwinden, der ihn an den Fußball erinnert hat. Er will nur wissen, ob auch dieser Andere den Kopf heben wird. Denn sein Gedanke wird sich rasch wieder in nichts auflösen: Ist jener Andere seine Seele, die auf ihn wartet?

## 5

Kaum kann er wieder klar denken, überkommt ihn erneut dieses seltsame Gefühl von Schwere am Hinterkopf und lässt ihn ermatten. Er wiegt sich auf einem Teppich aus Laub, mit dem er in die Grube gestürzt ist, und obwohl er das Gefühl hat, stundenlang in die Feuchtigkeit und die Bewusstlosigkeit herabgestürzt zu sein, betrug der tatsächliche Zeitraum seines Falls doch nicht mehr als ein paar Sekunden. Er dreht sein Gesicht in Richtung Baum und sieht ihn vor sich. Er ist so schwach, er kann kaum glauben, was passiert, auch wenn er sich tatsächlich noch immer in der Welt der Lebenden befindet. Als er in die andere Richtung schaut, sieht er brennende Bäume. Wieder ist er erleichtert, dass dieser Gipfel kahl ist, die Bäume stehen nicht dicht beieinander. In der Ferne sieht er die Bäume rot glühen.

Ein paar Erdkrumen fallen ihm in die Augen. Er kann die kleinen feinen Kügelchen sehen, die nacheinander herunterrutschen. Er hat sich wieder bewegt, und dabei sind die Erde, die Bäume und der Lehm in Bewegung geraten. Aber woher kommt der Lehm? Er schüttelt den Kopf, um aufzuwachen, und damit beginnt eine Flüssigkeit in den Höhlen seines Schädels zu fluktuieren. Sie schwappt, dann wandert das Geräusch seinen Hals hinunter. Für einen

Moment stellt er sich vor, aus dem Rücken heraus wüchse ihm ein Stamm, während er den Baum ansieht und sich davon überzeugen kann, dass er sich vor jener Eiche befindet. Doch obwohl er sich dieses Umstands immer wieder versichert, frisst die Angst doch sein Herz auf und lässt ihn nicht glauben, was er sieht; eine Angst, die er von der Erinnerung an Nahlas Gesicht kennt. Er weiß, wie die Monster in den Augen trauernder Mütter anwachsen und sich verstecken und wie sie sie in den kalten Nächten verschlingen.

Kleine Blättchen fallen von den Ästen. Er weiß, was die Äste einer Eiche machen, dass sie ihre Blätter zu Boden fallen lassen, sich ganz einfach von ihnen trennen. Der Baum verfügt über die Weisheit des Verzichts. Das hat die Humairuna immer wieder zu ihm gesagt, und sie hat Ali gezwungen, ihre Worte nachzusprechen. Sie sagte etwa: »Ich bin ein Baum.« Und er sprach ihr nach: »Ich bin ein Baum.« Er lief ständig hinter ihr her und hängte sich an ihr langes buntes Kleid, und sie erzählte ihm, sie werde ihm beibringen, so zu schweigen wie die Bäume. Einmal, er war acht Jahre alt, sagte er zu ihr – wütend darüber, dass sie mit jedem Atemzug wiederholte, sie sei ein Baum: »Aber du redest zu viel!« Da lachte sie und entgegnete: »Weil ich kein Baum bin … Du bist der Baum.« Nahla schalt die Humairuna jedes Mal dafür, dass sie so mit dem Kleinen sprach, während sie seinen schmalen Körper im Mausoleum mit Öl einrieb. Das tat sie regelmäßig. Dann beschimpfte die Humairuna sie grummelnd.

Jetzt muss er an diesen Satz denken: »Ich bin ein Baum.« Er nimmt den Geruch des Öls wahr, wenn seine Mutter ihre rauen Finger über seinen Hals gleiten ließ. Er hörte sie immer murmeln und Gott und den Heiligen des Mausoleums anflehen, ihr Sohn möge von seiner ständigen Zerstreutheit geheilt werden. Er erinnert sich, dass ihn jedes Mal ein komischer Juckreiz am Bauch befiel und dass der Druck ihrer Finger ihm Schmerzen bereitete. Doch er konnte noch nicht einmal murren. Das ist kein Zufall, denkt er und reibt seine rechte Wange gegen den Boden. Durch die Bewegung rutscht etwas Laub herunter und er spürt den Lehm. Er gräbt mit dem Kopf die Erde auf, nein, er gräbt nicht, aber er denkt, er könnte graben. Er hatte einmal einen Spaten, mit dem er grub, und von dem Holzstiel bekam er Schwielen an den Händen. Jetzt kommt es ihm vor, als sei sein Kopf wie ein Spaten, mit dem er den Felsen aufspalten könne, als verfüge er über die Kraft, auf den Boden zu schlagen, ihn aufzubrechen und die wenige Erde aufzugraben. Diese Berge hier sind so felsig wie die Berge seines Dorfes, es sind ihre Ausläufer. Tatsächlich hat er vorher nicht darüber nachgedacht. Er würde die Erde mit seinen Zähnen aufgraben, sie mit dem Mund aufnehmen und wieder ausspucken. Er würde sich einen Weg in Richtung Baum ebnen, indem er den Kopf nach rechts und links bewegt, um die Wurzeln zu spüren. Er dreht den Kopf weiter in die Erde, dann hört er ein Geräusch; es ist das Rascheln des Baums. Aber er nennt es nicht Rascheln. Er hebt den Kopf und sieht, dass sich auch der Kopf auf der anderen Seite hebt. Da spannt er den ganzen Körper an und bewegt sich … er kann sich bewegen, sein Ellbogen dient ihm als Stütze. Er robbt vorwärts und lässt sich wieder fallen, sodass sein Kopf auf den Boden prallt. Er weiß, dass er sich dem Baum genähert hat, er ist noch nicht sehr nah bei ihm, aber er ist ein Stück vorangekommen, und das ist genug. Diesen Baum kennt er gut, zwar nicht wie die anderen Bäume in seinem Leben, nicht wie den Baum neben dem Haus und den Baum beim Mausoleum, aber er lebt seit einem Monat mit diesem seinem dritten Baum. Wie seltsam, dass auch dieser eine Eiche ist! Drei Eichen! Er hebt den Ellbogen ein weiteres Mal, um ein Stück vorwärtszukommen, nachdem er Erde in den Mund genommen und wieder ausgespuckt hat. Erneut versucht er, sich auf seinen Ellbogen zu stützen, um seinen funktionsuntüchtigen Körper zu bewegen. Er verspürt eine vage Erleichterung, die für einen jungen Mann von noch nicht einmal zwanzig kaum vorstellbar ist, ein junger Mann, der nicht weiß, ob er lebt oder sich schon auf dem Weg in die andere Welt befindet. Eine flüchtige Erleichterung. Ein unerwartetes Gefühl. Möglicherweise ist es verwunderlich, dass er erleichtert ist, und sei es auch nur für einen einzigen Augenblick, aber die Eiche ist ihm ein Zeichen, sie beschützt ihn. Zum Glück befindet er sich in den Bergen von Latakia und nicht wie sein Bruder in der Provinz östlich von Homs, wo die Wüste seinen Körper fraß.

Bäume sind simpel, nicht wie die Menschen. Das versteht er. Sie ähneln ihm, und er glaubt, was die Humairuna gesagt hat, nämlich dass er ein Baum ist. Denn er schläft im

Stehen, und er kennt die Sprache der Bäume, obwohl niemand sonst ihr melodiöses Pfeifen versteht. Er glaubt, göttliche Fürsorge habe ihn zum Baum kriechen lassen, der ihn vor den Hyänen schützen wird. Er blutet, er weiß, dass er blutet, aber er ist sich nicht sicher, wo sich die Wunde befindet. Sein ganzer Körper ist betäubt, aber irgendwo ist da eine Stelle, die einen heftigen Schmerz auslöst, aber er weiß nicht, wo.

Dieser Baum dort ist kein Zufall!

Er reibt das Gesicht an der Erde, um die Wurzeln zu erspüren, vielleicht erzählen sie ihm, was er möchte. Er hat dem Baum insgeheim zu verstehen gegeben, dass er unbedingt zu ihm kommen will, aber er vernimmt keine Antwort. Der Unterschied zwischen den drei Bäumen wird ihm erst allmählich klar. Er wähnt, zwischen einer Bewusstlosigkeit und der nächsten zu halluzinieren, doch die Bäume drehen sich um ihn. Die Eiche hinter seinem Haus ist die kleinste von den dreien, sie ist noch jung. Die Humairuna sagte über diese Eiche, sie sei noch ein Kind, noch keine sechzig Jahre alt. Bäume wachsen nur langsam, und deshalb leben sie lange. Und weil sie lange leben, werden sie weise, denn sie haben ausreichend Zeit, um Lebenserfahrungen zu machen. Nicht wie die Menschen. Kaum haben diese das Leben verstanden, verlassen sie es auch schon wieder. Sie erzählte ihm viele Geschichten, flüsternd, und wiederholte dabei jedes Mal die Worte über die Vergänglichkeit der Menschen. Er wunderte sich, woher eine Frau wie sie so etwas kannte. »Wie vergänglich sind doch die Menschen!«, sagte sie auf Hocharabisch, und fügte in der Umgangssprache hinzu: »Guck mal diesen Zweig da! Meine Güte! Guck mal, wie er in den Himmel steigt, weit weg von uns. Wir Menschen sind vergänglich.« Dann blickte sie durch ihre halb geschlossenen Augen, auf ihre Stirn fiel ein schräger Lichtstreifen, aus dem kleinen Zweig hervorbrechend, der einsam aus der Baumkrone hinausragte wie eine kleine Hand aus dem Hals einer Gebärmutter. Während das Licht auf ihrer faltigen Stirn leuchtete, betrachtete Ali diese seltsamen Partikel, die wie goldene Staubkörnchen zwischen den Blättern des einzelnen Zweigs vor dem Blau des Himmels glitzerten. Er senkte wieder den Kopf, blickte erneut auf den Baum und sah, wie dieser den Zweig aus der ansonsten gleichmäßigen Krone hatte herauswachsen lassen. Da flüsterte die Humairuna: »Der ist wie du, Ali.«

Ali weiß genau, wo er immer gesessen hat: hinter der Hütte der Humairuna, die sie unter dem kleineren Baum, zehn Meter vom Mausoleum und seinem Baum entfernt, errichtet hatte. Er mochte den kleinen Baum nicht, er meinte, dass er mehr Licht als nötig durch seine Äste scheinen ließ, und es gefiel ihm nicht, dass die Sonne ihn überwältigen und zwischen seinen Ästen leben konnte. Vielleicht aus dem einfachen Grund, weil er kein einziges Mal unter seinen Zweigen hatte einschlafen können. Die Humairuna hatte zu ihm gesagt, er sei ein Idiot, denn der kleine Baum sei so alt wie sein Vater, nicht so jung, wie er glaube. Und sein Vater sei noch dümmer als er, denn er verstehe nicht, welche Bedeutung diese Bäume an diesem heiligen Ort hätten.

Aber mit ihm sei sie zufrieden, mit ihm, Ali, nicht mit seinem verrückten Vater, wie sie immer wieder erklärte. Denn er, Ali, verfüge über das Wichtigste, was ein Mensch haben könne, nämlich die Fähigkeit, mit der Luft, der Erde und den Bäumen zu kommunizieren. Nur das Wasser, das sei für sie etwas anderes, darin wolle sie nicht eintauchen. Sie wiederholte mehrmals ihre Worte über das Wasser und erzählte ihm eine Geschichte aus längst vergangenen Tagen. Damals, als sie in die Stadt kam und beim Anblick des großen Meeres Bekanntschaft mit dem Wasser machte, herrschten die Türken in den Bergen und an der Küste. Als einige Männer den Frauen Feuerwasser ins Gesicht spritzten und sie schlugen, nahm sie Reißaus. Seit jenem Tag mag sie das Meer nicht. Aber warum war das geschehen? Das erklärte sie ihm nicht. Er lauschte neugierig und fragte sich, was das sein könne, dieses Feuerwasser, denn Wasser und Feuer vertrugen sich nicht, wie er wusste. Gewöhnlich beendete sie ihre Geschichten so: »Ach Ali, du Baum meines Herzens … möge Gott dich nicht mit seinem Feuer holen!« Jetzt erinnert er sich an diese Worte und an das Gerede vom Feuerwasser, während er die Feuer sieht, die hinter ihm die Bäume verschlingen. Einer Sache aber ist er sich gewiss, nämlich dass die Rinde der Eiche gegen das Feuer ankämpft. Er glaubt auch, dass die Gebete der Alten wahr waren. Sind die anderen Soldaten verbrannt?

Sie hat immer weiter erzählt, während sie an der blauen Gebetskette herumnestelte, die ihr um den Hals hing. Er nahm Reißaus vor ihren Worten und vor seiner Angst vor dem Feuer und kletterte die Eiche hinauf, umarmte ihre Zweige, drückte sich an sie, schloss die Augen und schaukelte. Sie rief, er solle herunterkommen, denn der Mausoleumsbaum sei anders als die anderen, er stehe hier, damit die Menschen sich unter ihn zurückziehen und nicht auf ihn. Die Zeit des Lebens auf den Bäumen sei vorbei, diese Zeit sei vergangen. »Komm runter, los! Du darfst die Gesetze der Natur nicht missachten. Die Bäume sind oben und wir, die Menschenkinder, unten!«, rief sie, aber er beachtete sie nicht. Sie aber hörte nicht auf zu grummeln, forderte ihn auf, die sterblichen Überreste der Heiligen zu respektieren, die aus der Erde in die Äste der Bäume hochstiegen auf ihrer Reise hin zum Licht. Er ignorierte sie und schlummerte über ihrem Gemurmel ein, in Erwartung eines Wohltäters, der vorbeikäme und ihr etwas zu essen brächte, das sie mit ihm teilen würde.

Wann hörte Ali auf, ihr auf die Nerven zu gehen und den Mausoleumsbaum hochzuklettern? Er kann sich nicht mehr daran erinnern, wo die Grenze zwischen seiner Kindheit und seiner Jugend lag. Er erinnert sich nur an den Eichenbaum beim Mausoleum, an die Eiche zu Hause und an diesen Baum, zu dem er jetzt hinkriecht. Sie unterscheiden sich in vielen Dingen, etwa in der Größe der Lichtpartikel, die sich zwischen den Ästen von den Sonnenstrahlen ablösen. Aber die Unterschiede sind unbedeutend. Durch die Zweige der Mausoleumseiche konnten weder Regen noch Sonne dringen, und das Rascheln ihrer Blätter war wie ein Zittern. Das Rascheln der Blätter des Baumes bei ihm zu

Hause klang eher wie ein unterdrücktes Klagen, das anschwoll und abebbte, je nachdem, wie der Wind hindurchfuhr und sein Spiel zwischen den Ästen trieb. Die Äste des Mausoleumsbaums waren hingegen stärker und erzeugten nicht dieses Knacken in der Nacht. Er hatte niemals versucht, nachts in seinem Geäst zu schlafen. Er wollte es zwar immer, hatte jedoch auf einen günstigen Moment gewartet, wenn die Dorfbewohner es nicht bemerkten. Er wusste insgeheim, dass sie ihn dann als Verrückten abstempeln würden. In ihren Augen war er zwar absonderlich, aber niemand wagte es, ihn für verrückt zu erklären. Der Baum hier hingegen war anders als der beim Mausoleum und der zu Hause. Das Rascheln der Blätter folgte keinem festen Rhythmus. Vielleicht hatte er seine ganz eigenen, von ihm hervorgerufenen Töne noch nicht entdeckt. Manchmal schrie er, manchmal erschauderte er, oder seine unteren Zweige bogen sich und erzeugten Schwingungen, die einem erstickten Flüstern ähnelten. Wenn kleine Zweige am unteren Teil des Stammes wuchsen, das wusste er nur allzu gut, war dies der Anfang vom Ende. Dieser Baum würde sterben, vielleicht erst in fünfzig Jahren, aber er würde sterben. Ali hatte ihn gerochen und den Baum wie ein Hund umkreist, als die Soldaten zu ihren Posten zurückkamen und sich über ihn lustig machten. Der Geruch, den dieser Baum verströmte, war ihm nicht vertraut, auch nicht sein Klang. Diese kleinen Zweige lebten im Schatten, ganz unten, das Spiel mit dem Licht war ihnen unbekannt. Er beobachtete das Spiel der Blätter und der Zweige mit dem Licht. In seinem

Baumhaus sah er oft stundenlang der magischen Welt des Farbenspiels zu. Kleine, große und mittelgroße Sonnen tanzten, tauchten auf und verschwanden, hüpften auf und ab, unterschieden sich je nach Lichteinfall. Sonne und Mond wechselten sich am Himmel ab, Licht und Dunkelheit wippten und wogten zwischen den Zweigen wie Äpfel. Er streckte die Hand aus nach den hervorquellenden weichen Fäden aus Orange und Rosa, berührte sie, und sie trugen ihn mit einem fliegenden Schirm fort und hüllten ihn in Feuerkreise. Tagsüber sahen diese Kreise golden aus, nachts wirkten sie silbern, und dazwischen changierten die Farben, sodass er das Gefühl hatte, seine Haut färbe sich mit ihnen, rot, gelb, grün, in endlosen Variationen. Es gab ein Grün, das in minimalen Abstufungen schimmerte und in seinen zahllosen Varianten ein Dunkelgrün bildete, das irgendwann in Schwarz überging. Dann wieder entstand ein blauer Kreis darum herum. Ständig changierende Lichtkreise zwischen Hellblau und Grün. Nachts wurde es zu einem Tiefblau und einem Mittelblau und endete in reiner Fliederfarbe, während er mit den Fingern durch die zitternden Blättchen strich. Im Winter, wenn Schnee die Berge genau wie das Lächeln der Bauern und ihre trockene Haut bedeckte, konnte er nicht glauben, was er über das Weiß des Schnees gehört hatte. Wenn die Blätter den schweren Schnee von sich abschüttelten, ließen sie die Welt transparent erscheinen, denn die Farben verschwanden. Er hatte für sich entschieden, dass der Schnee keine Farbe habe, und dass man über ihn sagen könne, er sei so farblos wie die Augen der Humairuna, wenn sie in den Himmel blickt. Er bezeichnete den Schnee als Blindheit. Dass die Leute Wasser für farblos hielten, gefiel ihm nicht. Denn das Wasser hatte viele, sich ständig wandelnde Farben. Über das Wasser sagte er, es sei ein Farbenteller, der sich verändere, je nachdem, was darauf liege.

Es war ihm eine Freude, dem Geräusch der Blätter zu lauschen und Begriffe dafür zu erfinden. Er genoss es, die Wildblumen zu riechen, durch die Wälder zu laufen, mit dem Licht und seinen Transformationen zu spielen, über die Felsen zu springen. Oder an eisigen Tagen in der Morgendämmerung aufzustehen, um den Frost zu inspizieren, der sich um die Früchte gelegt hatte und sie aussehen ließ wie gefüllte Glaskugeln. Er war fasziniert von dem Zauber dieser Kugeln und dem Funkeln des Lichts, wenn die Sonne aufging und die vereisten Früchte beschien, und um sie herum die transparente Kolorierung des Wassers strahlte. Dann sah er alle Farben gleich leuchten.

Diese Berge waren vor einem halben Jahrzehnt oder mehr ein grünes Paradies gewesen. An die Zeit davor kann er sich nicht erinnern, er sieht, was er vor sich hat. Wenn er hörte, dass der Berg verwüste, kümmerte er sich nicht darum, denn was er mit eigenen Augen sah, wirkte anders. Und das war ihm genug. Die Humairuna meinte, das sei ganz normal, denn er kenne das wunderschöne Paradies der Berge nicht. Was er jetzt sehe, sei nur das, was übrig geblieben sei. Er hätte dieses verlorene Paradies vor einem Jahrhundert sehen sollen. Manchmal glaubte er ihr nicht. Er schaute sie an, mit ihrem schmächtigen Körper, wenn sie mit ihren trockenen

Stängeln ähnelnden Fingern über den Stamm des Mausoleumsbaums fuhr. Dort hatte sie zu ihm gesagt, sie habe aufgehört zu weinen, denn sie habe Angst davor, dass die Bäume sich daran erinnern könnten. Als er einmal von einem Ast gefallen war, hatte sie mit ihm geschimpft, weil er wegen der Beinschmerzen kurz davor war zu heulen. »Weine nicht vor einem Baum!«, hatte sie ihn ermahnt. »Siehst du, wie die Blätter herunterfallen? Du sollst nicht vor einem Baum weinen! Hör mal das Geräusch! Das ist nicht das Geräusch der Blätter, das ist der Schmerz.«

Jetzt, wo er sich ihre Worte wieder in Erinnerung ruft, ist er sich sicher, dass er nicht weinen wird. Er ist entschlossen, dem Baum, wenn er ihn erreicht, zu erzählen, was mit ihm passiert ist. Die Humairuna sagte immer, den Bäumen sei nicht bewusst, was sie tun, wenn sie ihre Kameraden schützten. Sie täten das kraft der Natur und nicht absichtlich. Sie seien wie die Menschen, die sich kraft der Natur gegenseitig umbrächten. Aber sie stritt auch nicht ab, dass die Bäume sich selbst töteten, wenn sie allein waren. Ihre kleinen, von unten wachsenden Zweige würden sie töten. Er erinnert sich aber auch daran, dass diese Bäume dicke stabile Wurzeln hatten, härter als Felsen. Stundenlang konnte er die Finger über ihre Rinde gleiten lassen. Als er zur Frontlinie gekommen war und den Baum entdeckt hatte, hatte er sich nachts an den Stamm geschmiegt, obwohl die Sandbarrikaden ihm im Weg gewesen waren. Er hatte die Regeln gebrochen und sich von den Sandsäcken entfernt, um den Baumstamm zu umklammern. Wenn der Beschuss von der gegenüberliegenden Seite zunahm, war er hinter dem Stamm in Deckung gegangen. Die Soldaten verspotteten ihn und meinten, dass die Brust seiner Geliebten – des Baums – von den Kugeln zerfetzt worden sei, doch er hatte sich nicht um sie gekümmert. Er wusste genau, dass der Baum nicht starb, sondern ihn beschützte. Aber dessen war er sich nur vor der versehentlichen Granate sicher gewesen. Jetzt macht er sich Sorgen, denn die Bäume, die ihre Kameraden vor der Gefahr warnen, sind verbrannt. Nur die Eiche ist geblieben. Sie wird die Gefahr nicht spüren, und vielleicht spürt sie auch ihn deshalb jetzt nicht. Er sieht zur anderen Seite des Waldes, der Berg ist abgebrannt, alles ist voller Asche. Er weiß, dass das merkwürdige Geräusch, das er hörte, als er wieder zu Bewusstsein kam, das Geräusch des Schmerzes des Baums war, weder das Zittern der Blätter noch ihr Rascheln. Er kennt den Schmerz der Bäume, er kennt ihn in der Kälte und in der Hitze. Plötzlich kann er etwas riechen, und mit seiner ganzen Willensstärke und Kraft hebt er sich ein paar Zentimeter vom Boden, und da sieht er jenes Wesen, diesen Anderen, diesen Kopf und diesen Rumpf, die die gleiche Bewegung machen, und lässt sich wieder fallen.

Die Sonne brennt, und ihr Gleißen verschleiert viele Details. Sie steht noch immer mitten am Himmel, aber er kann das Wesen, das sich auf der gegenüberliegenden Seite bewegt, nicht erkennen. Eigentlich ist das eine Übertreibung, denn dieser Andere befindet sich nicht gegenüber, auch wenn er die gleichen Bewegungen macht. Er befindet sich in gleicher Distanz vom Baumstamm auf der anderen

Seite, wo der Abgrund nicht weit zu sein scheint. Er schließt die Augen und schüttelt sich die Haare aus, dann, als er die Augen wieder öffnet, passiert es: Er sieht ein Gesicht vor sich, das den Baum verdeckt. Ein Gesicht wie eine Wolke, wie die Wolken, die ihn morgens begleiteten. Das ist er selbst, er sieht sich selbst wie in einem ganz nahen Spiegel. Das ist er. Er sieht keine Sonne, die seine Wangen verbrennt, er sieht sein eigenes Gesicht. Er erinnert sich, dass das sein Gesicht ist, es ist das Gesicht, das er in dem alten Brunnen in der Nähe des Mausoleums sah, und in dem kleinen Spiegel, der bei ihnen zu Hause hing und durch den die Sonne silberne Kreise an die Wand warf. Er konnte darin sogar die Farbe seiner Augen erkennen. Das ist sein Gesicht, es schwebt über ihm. Dann sieht er seinen ganzen Körper über sich, er erkennt sich selbst mit seinen blaugrünen Augen, mit den schmalen Gliedern, die trockenen Zweigen ähneln. Er ist es, mit seinem honigfarbenen krausen Haar. Er sieht sein Haar jetzt in der Sonne glänzen, es hat die Farbe des Kamillensuds, mit dem seine Mutter im Winter ihre grummelnden Bäuche beruhigte. Er schaut sich an und erinnert sich, dass er jetzt kahl geschoren ist. Er betrachtet sich. Ali mit dem geschorenen Kopf schaut Ali mit dem dichten krausen honigfarbenen Haar an. Er sagt nichts, er schaut in seine Augen und sieht keine Spur von irgendetwas, außer ein grünblaues Glänzen wie Glaspartikel. Er schaut sich an und hofft, dass er nicht in den Himmel aufsteigt. Er ist fast überzeugt davon, dass es seine aufsteigende Seele ist, die er sieht. Aber seine Vorstellungskraft, so glaubt er, erlaubt ihm nicht, sich zu bewegen, nur seine Augenbrauen flattern wie die Flügel eines Vogels. Für einen kurzen Moment hat er das Gefühl, dass er vor nichts Angst haben muss. Denn er spürt nichts, er ist leer wie vor seiner Geburt. Niemals hatte er sich von irgendetwas mitreißen lassen, das weiß er, und er hatte es nicht nötig, das Wesen der Dinge in seiner Umgebung zu kennen. Seine ganz eigene Beziehung zu seiner Existenz nannten die Menschen »tierischen Instinkt«. Er musste seine Umgebung nicht erklären. Er konnte die Vögel sehen, die sich auf einer Astspitze niederließen und sich wiegten, dann aufflogen und sich auf seine Handfläche setzten. Und wenn er der Sonne gegenüberstand und zwischen den Wolkenfäden hockte, die ganz selbstverständlich über seine Wangen glitten, war diese Welt für ihn dünner als eine Zwiebelschale und härter als der Stamm der Mausoleumseiche. Etwas, für das er kein Wort kannte, wie die Essenz des Lebens. Er wusste nur, wie er mit dieser außerordentlichen Zerbrechlichkeit und dieser ungeheuren Kraft, Dinge zu ertragen, seine Umgebung betrachtete. Deshalb schließt er die Augen nicht, er will nur den Tod sehen. Er sieht die Rippen seines Brustkorbs über sich schweben; er ist in den letzten Monaten sehr schmal geworden, sie haben nicht gut gegessen, er und seine Kameraden, aber das sei normal, hatte der verantwortliche Offizier zu ihnen gesagt. Sie bekamen nicht genügend Lebensmittel. Er schätzt sich glücklich, alles mit eigenen Augen zu sehen. So also! So also wird der Tod sein. Nicht so schlecht jedenfalls, auch wenn er ihn sich anders vorgestellt hat. Das Gesicht vor seinen Augen löst sich auf, und er sieht ganz deutlich die Sonnenscheibe. Sein Kopf schmerzt stark. Als er den Arm hebt und die Augen mit der Hand abschirmt, um das heiße Sonnenlicht abzuwehren, bemerkt er nicht, dass er einen Moment der Entspannung erlebt. Er kann ganz einfach die linke Hand heben. Er bewegt die Finger, führt sie sich vor die Augen, spreizt sie, und da dringt ein schwaches Licht hindurch. Er sieht seine Fingerspitzen, sie sind unversehrt. Blutig, aber unversehrt. Er atmet tief ein und dreht das Gesicht dem Baum zu, dann legt er die Finger an die Wange und spürt viel Blut, ein Strom von Blut, der durch die Sonne glühend heiß geworden ist. Er empfindet die Kühle seiner Finger, die gegen die Wange drücken, als belebend. Erst da bemerkt er, dass der Blutfluss, der von seinem linken Ohr ausgeht, von einem brennenden Schmerz begleitet wird. Die Kühle seiner Finger löscht dieses mysteriöse Brennen, das von ganz tief irgendwoher emporsteigt, sehr tief, ganz unten an seinem Hals.

## 6

Er hebt die Finger, krümmt sie ein wenig, dann greift er mit der ganzen Hand in die Erde und strafft seinen Körper. Es kommt ihm vor, als würde sich auch das andere Wesen bewegen, deshalb dreht er das Gesicht zur Seite, kann aber keine Spur von ihm entdecken. Er hebt den Kopf, trotzdem sieht er ihn nicht. Er versucht, sich an die Gesichter seiner Kameraden zu erinnern. Ob es wohl einer von ihnen ist? Kann er vielleicht nicht sprechen oder sich irgendwie artikulieren? Er hebt wieder den Kopf, sieht den Anderen nicht und ist enttäuscht. Also ist das doch seine Fantasie? Der Andere muss wie er Militärkleidung tragen. Aber warum glaubt er, dass er eine Uniform anhat? Er zweifelt daran, dass er sich selbst gesehen hat, und nimmt an, dass die Sonne ihn daran hindert, den Anderen zu sehen. Aber vielleicht ist es gerade die Sonne, die ihn dieses Phantom eines Wesens sehen lässt, das auf ihn zukommt? Es wird ihn töten, ganz bestimmt.

Er atmet schwer. Heiße Schweißtropfen perlen ihm von der Stirn, er spürt sie in seine Ohren fließen. Dann schwappt eine Flüssigkeit in seinem Kopf, Farben tauchen um ihn herum auf, wie Plastiktüten, die ihn ersticken, aber er erstickt nicht. Er keucht und stöhnt. Er will in sein Baumhaus zurück. Das ist das Einzige, was er will. Aber jetzt muss er sich ein Stück weiter aufrichten und klar sehen. Die Sonne erlaubt ihm jedoch keine klare Sicht, sie muss erst untergehen. Doch wenn sie untergegangen ist, wird er in der Klemme sitzen. Jemand wird kommen, um ihn zu retten, sie werden ihn nicht allein in den Bergen zurücklassen, wo ihn die Hyänen fressen. Die Bestien im Wald werden sein Blut riechen und ihn fressen, lebendig oder tot, er kennt diese Hyänen. Er hat sie gesehen, er kennt die Farbe ihrer Augen, nachts. Und er hat sie Kadaver fressen sehen. Kadaver von Tieren, nicht von Menschen. Sie werden kommen. Außerdem kreisen da schwarze Vögel am Horizont. Vielleicht sind es Raubvögel, genau kann er sie nicht ausmachen. Das bedeutet, dass Leichen in der Gegend herumliegen. Wohin mögen wohl die Körper seiner getroffenen Kameraden geflogen sein? Er muss sich aufrichten, muss vorwärtskriechen, das Laub unter sich wegräumen, er muss mit Fingern und Zähnen seine Umgebung säubern.

Er hebt keuchend den Kopf, stützt sich auf und sieht zum ersten Mal seinen ganzen Körper. Die untere Hälfte ist von Erde und Laub bedeckt, aber die andere Hälfte ist deutlich erkennbar und unversehrt. Zumindest glaubt er das. An der Brust ist er jedenfalls nicht verwundet. Wird er doch nicht sterben? Die Verwundung muss irgendwo anders sein, an einer unbekannten Stelle, irgendwo am Ohr und ganz unten am Fuß, aber er ist sich nicht sicher. Der Schmerz ist nicht eindeutig auszumachen. Wie kann Schmerz nicht eindeutig sein? Er weiß nicht, dass sein ganzer Körper durch den

Schmerz betäubt ist. Er riecht Blut, was bedeutet, dass er stark geblutet hat. Sein Körper wird ihn im Stich lassen, denn er ist dünn und schwach. Er hatte noch nicht einmal essen können, wenn sich sein Magen vor Hunger zusammenzog. Seit er auf diesem Berg ist, hat er nicht genügend zu essen bekommen. Aber er hat nicht gemurrt, wie seine Kameraden, denn er konnte gar nicht essen; er bekam sogleich Magenschmerzen. Es war ein ihm bekannter Schmerz, er hat ihn an jenem Tag zum ersten Mal gespürt, als er ein Kalb mit einem halben Kopf hatte herumlaufen sehen. Ein brennendes Stechen hatte sich im Magen breitgemacht, das dem jetzigen Schmerz ähnelt. Jede schmerzende Stelle an seinem Körper macht sich bemerkbar, und er glaubt, dass die Wahrnehmung seines Schmerzes und die gleichzeitige Erinnerung daran eine Art ist, langsam zu sterben.

Ja, er hat ein Kalb mit einem halben Kopf herumlaufen sehen.

Die Männer des Dorfes und die Scheichs waren zusammengekommen, um das Kalb zu schlachten, das Abu Al-Zain nach Kriegsbeginn geopfert hatte. Sie wussten genau, dass der Mann korrupt war, und sprachen das auch offen aus, doch mit Beginn des Krieges bekamen sie Angst, verdrängten es und scharten sich um ihn. Es waren nur wenige, die meisten waren arm, und der Friedhof hatte sein Maul noch nicht geöffnet, um die Körper ihrer Söhne zu verschlingen. Abu Al-Zain hatte zu ihnen gesagt, er wolle eine Weihgabe für die Seelen ihrer Söhne opfern. Sie wussten zwar, dass seine eigenen Söhne und Enkel das Land verlassen hatten und dass außer dem Zain keiner geblieben war, aber sie schwiegen.

Immer wieder hatte Ali darüber nachgedacht, es hatte ihn verwirrt: War die Hand des Scheichs ausgerutscht? Warum hatten sie das Seil nicht stärker gespannt, während sie das Kalb festhielten? Und woher nahm das Kalb diese Kraft, wo es doch dabei war zu sterben? Diese Fragen raubten ihm den Schlaf. Er sah die Männer über dem Messer Koranverse murmeln, denn man hatte ihm erlaubt, dabei zu sein; er war damals schon ein Mann gewesen. Die Frauen, denen man wie gewöhnlich verbot, teilzunehmen, bereiteten hinter dem Mausoleum das Kochgeschirr vor. Stets sah er sie nur im Hintergrund, im Tod wie im Leben. Ali dachte nicht darüber nach, warum das alles passierte, denn er hielt es für die Natur des Lebens. Wie das Aufeinanderfolgen von Sonne und Mond. Er stand zwischen den Männern und versuchte, sich dem alten Scheich des Dorfes zu nähern, der dabei war, das Kalb zu schlachten. Er musterte alles ganz genau. Das glänzende Messer, die Augen des Tieres, seinen Hals, die Finger des Scheichs, dann das Blut und dieser blitzschnelle Messerstich. Das Kalb erbebte in den Händen des Scheichs, doch plötzlich lockerten sich die Seile, mit denen man ihm die Beine zusammengebunden hatte, und es drehte sich wie wild um sich selbst. Ali ging ein Stück zurück und sah, dass der Kopf nur noch an einer Hautschicht hing. Eine einfache Wunde am Hals hätte ausgereicht, das Blut fließen zu lassen, sodass das Kalb langsam sterben würde. War das Messer der Grund? Hatte man es zu stark geschliffen? Ali wird diesen Moment niemals vergessen, als das Kalb auf ihn zustürmte, plötzlich über ihm zusammenbrach und ihn unter seinem heißen Blut und seinem warmen Körper begrub.

Ali erinnert sich an Träume von einem Kalb ohne Kopf. Es läuft über die Wolken und brüllt ihn an. Er kann sich noch an das Gewicht erinnern, das ihn fast umbrachte. Auf Ali liegend, tat das Kalb seine letzten Atemzüge. Ali sah den herabhängenden Kopf und roch das Blut auf seinen Kleidern, die er am Abend verbrennen und den Abhang hinunterwerfen würde. Ein großer schwarzer Kessel stand bereit, er konnte den Bulgur und das Fleisch riechen, mit dem viele Familien gespeist werden würden. Er roch das Feuerholz, und er erinnert sich an die Hände des Scheichs, der die Namen der armen Familien notierte, an die er Anteile verteilen würde. Das war vor der Beerdigung seines Bruders gewesen, ganz sicher. Er erinnert sich an die schallende Stimme des Zain, der zu ihnen gesagt hatte, sie würden gegen Verräter und Feinde der Heimat kämpfen. Viele Dinge ziehen gerade in rascher Reihenfolge vor seinem geistigen Auge vorbei, während er sich mit den Fingern gegen den Bauch drückt. Er erinnert sich an die Angst der Menschen um ihn herum, an den Himmel, der ihm schwer auf die Brust drückte, als er die Nachricht von einer Verschwörung hörte, organisiert von Menschen, die den gleichen Boden, die gleiche Luft und das gleiche Meer mit ihnen teilten und die sie Feinde nannten. Damals verstand er nicht, warum die Menschen solche Angst hatten. Einige junge Männer aus dem Dorf hatten ihn auf seine Frage, warum sie so in Panik seien, für verrückt erklärt. Aus ihrer Angst heraus hatten sie ständig Opfertiere geschlachtet und zu Gott und für ihren Präsidenten und ihre Soldatensöhne gebetet, die die Heimat beschützten. Ali beobachtete alles, ihm schien, als sähe er einen Planeten vom Himmel fallen. Es war anders gewesen als jetzt, er kann sich noch gut an die Magenschmerzen erinnern, die mit jenem Vorfall begonnen hatten. Der Scheich war zu Boden gestürzt, das Messer, das nicht barmherzig genug gewesen war, noch immer in der Hand. Dann kamen ganze Familien, um sich ihre Fleischanteile abzuholen. Aber nicht alle waren dort, einige Männer, so erinnert sich Ali, hatten das Dorf verlassen, weil sie, wie der Zain behauptete, Verräter seien. Und weil sie den Präsidenten hassten. Und wer den Präsidenten hasst, hasst die Heimat. Man hatte sie fortgejagt, und sie verschwanden in weit entfernte Länder. Es hieß auch, andere seien in den Gefängnissen verschwunden. Aber das war unwichtig, denn die Dorfbewohner wussten, dass es sich nur um drei Familien handelte. Zwei Familienmitglieder hatten ihr ganzes Leben in Gefängnissen verbracht, der erste Mann in denen des verstorbenen Präsidentenvaters, der zweite saß noch immer in den Gefängnissen des Sohnes, der ewig leben wollte. Es hieß, sie hätten sich mit den Verrätern zusammengetan, die die Absicht hätten, die Dorfbewohner zu töten. Deshalb war es in Ordnung, dass sie verschwunden waren. Auch wenn einer von ihnen der Dorflehrer gewesen war. Und dessen Sohn der Dorfarzt. Denn die Loyalität zum Vaterland war wichtiger als jegliche

Bildung. Sogar wichtiger als die Söhne des Dorfes, die einer nach dem anderen sterben würden. Es waren wirklich seltsame Zeiten. Anfangs hatte der Tod über ihren Häusern geschwebt, dann hatten sie aufgehört zu sagen: »Wir opfern uns für den Präsidenten und das Vaterland.« Sie hatten ihren Boden, ihre Söhne und ihr Leben verloren. Und wer übrig geblieben war, besaß noch nicht einmal mehr das Geld für sein tägliches Brot.

Damals vernahm Ali auch den ersten Schrei: den Schrei einer Frau. Daraufhin wurde das erste Grab in diesem Krieg ausgehoben. Der Schrei tobte in seinem Kopf und setzte sich fest wie ein verrosteter Schlüssel. Ein Schrei, so scharf wie ein Messer. Und alle wussten, dass das Dorf seinen ersten Märtyrer hatte.

Er erinnert sich, dass er Stiche im Magen hatte, wie jetzt, obwohl er weder ein Kalb mit halbem Kopf vor sich sieht noch das Wehklagen der Frau hört. Aber er riecht wieder den Geruch von verbranntem Fleisch. Er stützt sich auf, hebt den Kopf, und auch der Andere hebt seinen Kopf. Ali schlägt die Zähne in seinen Ärmel und zerreißt ihn, aber es gelingt ihm nicht, seine Kleidung auszuziehen. Er hört nur das Aufeinanderschlagen seiner Zähne. Dann kommt eine Brise auf, und erneut ertönt das Rascheln des Baums, ganz nah. Aber es ist nicht dieser Baum, dessen Rascheln er vernimmt. Vielleicht sind es die Blätter im Wald unten am Hang. Obwohl der sehr weit weg ist, vermeint er, es zu hören. Er sieht die ausgebuchteten Eichenblätter, die um ihn herumwirbeln, und dieses Wirbeln gefällt ihm. Aber er weiß, dass es Einbildung ist, auch wenn er sie wirklich sieht. Die Sonnenhitze hat etwas nachgelassen, und deshalb glaubt er, dass das, was geschieht, Realität sei, dass er in der Lage sei, vorwärtszukriechen, und dass der Baum ihn mit diesem weichen Schatten der Eichenblätter belohnt, die um ihn herumwirbeln.

Würde der Baum doch zu ihm kommen! Aber Bäume stehen fest, es sind die Menschen, die gehen müssen, um zu ihnen zu gelangen. Aber er kann nicht gehen. Niemand wird sich ab heute seiner erinnern, ihn wird keine Hilfe erreichen. Er denkt an seinen Kameraden, der im Augenblick der Detonation neben ihm war. Er hat ihn durch die Luft fliegen sehen, weg von ihm. Vielleicht ist er es, den er sieht. Aber wo ist sein, Alis, Gewehr? Hätte er es bei sich gehabt, wäre er beruhigter. Dann sieht er es durch die Luft fliegen. Es ist nicht in seiner Nähe. Ja, auch das Gewehr ist geflogen, und verschwunden. Nicht einmal einen Ast sieht er auf dem Boden liegen, mit dem er sich verteidigen könnte. Nicht einmal das Ungeziefer kann er vertreiben, das um ihn herum kreucht und fleucht. Er nimmt einen Schwarm Fliegen wahr, aber vielleicht sind es ja gar keine Fliegen. Auf jeden Fall sind es Insekten, die in einer Wolke über irgendeinem Haufen schweben. Er versucht, nicht daran zu denken, dass es die zerfetzte Leiche seines Kameraden ist. Aber er erkennt nicht allzu weit entfernt auf seinem Weg, den er langsam vorwärtsrobbt, eine Hand, eine einzige abgerissene Hand, und einen Schwarm Fliegen.

Wie viel Zeit ist vergangen, seit er hier ist?

Er hört ein Summen und bemerkt, dass sich Getier an seinem Fuß angesammelt hat. Vielleicht sind seine Füße abgerissen. Ohne Füße würde er keinen Baum hochklettern und nicht durch den Wald laufen können. Was hat es zu bedeuten, dass er nicht imstande ist, aufzustehen? Er streckt die Hände aus und berührt seinen Bauch, versucht, die Uniform unter dem straff sitzenden Gürtel herauszuziehen, aber er ist zu schwach dafür. Er berührt seinen Bauch, um seine Haut zu spüren, sich zu vergewissern, dass sein Bauch nicht offen ist. Er schreit, die Insekten, vielleicht sind es Fliegen, stieben auseinander. Möglicherweise gibt es hier auch Schlangen. Eigentlich hat er keine Angst vor Schlangen, nur vor denen in den Ebenen. Dort, in der Nähe der Stadt, wo er mit seinem Vater gearbeitet hat. Die Bergschlangen fürchtet er nicht. Auf dem Berg seines Dorfes gibt es nichts, wovor er sich fürchtet. Dieser Berg hier ist ihm jedoch unbekannt, obwohl er nicht weit von seinem Dorf entfernt ist. Er weiß nicht, welche Tiere hier leben, und hat keine Beziehung zu den Bäumen hier. Auf seinem Berg würde er sich nicht fürchten, selbst wenn man seinen Körper zerstückelte. Er bekommt eine Gänsehaut, vernimmt die Schläge seines Herzens, er war sich nicht darüber bewusst, dass die Erinnerung ein Fluch ist. Er erinnert sich, dass das Kalb schwarz war, auf der Stirn prangte eine weiße Blesse. Es war ein kleines schönes Kalb, das als Nahrung in die Bäuche der Familien wandern würde. Er selbst kostete keinen einzigen Bissen von dem Fleisch, das seine Mutter mit zerstoßenem Weizen zubereitet hatte. Von Zeit zu Zeit, wenn er auf dem

Dach gehockt hatte, hatte er ein geschlachtetes Kalb gesehen, das auf ihn zuflog, mit diesem flehenden Blick in den großen schwarzen Augen. Es erschien auf dem gegenüberliegenden Bergkamm, schwebte rasch näher und landete neben ihm auf dem Dach. Es sprach nicht mit ihm. Und Ali lief stets weg, rannte durch das ganze Dorf bis zum gegenüberliegenden Hang, weg vom Haus, und blieb dort, bis der Abend einsetzte.

Ali war ein so stilles Kind gewesen, dass Nahla ihm den Spitznamen »der Weise« gegeben hatte. Sie bekam Angst, wenn sie ihn vom Dach fliehen, durch die Gassen rennen und sich zwischen den Bäumen verstecken sah. Wenn sie ihn fragte, was passiert sei, antwortete er nicht. Dann dachte sie bei sich, er habe die Stummheit ihrer Schwester geerbt, seiner Tante, die als Dienstmagd bei Abu Al-Zain arbeitete. Ali schwieg. Er erinnert sich an diese schöne Tante, die nie geheiratet und die er nie mit geradem, aufrechtem Rücken gesehen hatte. In seiner Vorstellung arbeitete sie entweder gebeugt auf den steinernen Terrassen, oder sie putzte, vielleicht hingestreckt auf der Schaumstoffmatratze, das winzige Haus, oder sie schleppte Säcke, die ihren Rücken krümmten. Eines Tages war sie verschwunden. Man fand ihren Leichnam unten am Hang. Sie habe sich den Abhang hinuntergestürzt, hatte er seine Mutter sagen hören, sie habe gedacht, sie hätte Flügel. Er aber hatte seiner Tante geglaubt, denn er wusste, dass es wahr war; er hatte sie in seinen Träumen fliegen sehen.

Wenn er doch jetzt mit seinen Flügeln zu dem Baum fliegen könnte!

Ähnelte er nicht seiner Tante? Alle im Dorf sagten, er habe Ähnlichkeit mit ihr, der Tante, die sie »die Stumme« genannt hatten, weil sie so selten sprach. Er aber wusste, dass sie nicht stumm war. Seine Tante musste ihre Gründe gehabt haben, zu glauben, sie besäße zwei flatternde Flügel. Das hatte sie ihrer Schwester einen Tag vor ihrem Verschwinden zugeflüstert und ihr erzählt, dass sie dieses verfluchte Dorf allesamt verlassen müssten. Und dass sie den Dienst bei Abu Al-Zain nicht mehr ertrage. Warum muss er jetzt an seine Tante denken? Weil er glaubt, zwei Flügel zu haben, mit denen er zu dem Baum fliegen könne. Aber ihm sind keine Flügel gewachsen, ungeachtet des Kitzelns, das dem Kriechen von Insekten oder kleinen Lebewesen gleicht, die in seinen Brusthaaren weiden.

Er wird also nicht fliegen!

Er robbt langsam weiter über den Boden, mit jeder Bewegung kommt er einige Zentimeter vorwärts. In diesem Tempo wird die Nacht hereinbrechen, bevor er beim Baum angelangt ist. Dann werden die Hyänen ihn bei lebendigem Leib fressen. Die Hyänen werden dich nicht fressen, du bist es, der sie fressen wird, sagt eine Stimme, und ihm ist bewusst, dass es Einbildung ist. Das ist nicht wirklich die Stimme seiner Mutter. Er nimmt eine Handvoll Erde, stützt sich auf und robbt einige Zentimeter weiter. Er bewegt die Finger, taucht sie in sein Blut. Er betrachtet sie. Warum ist er hier? Warum hat er es nicht wie der Nachbarsjunge gemacht, der abgehauen ist? Warum ist er nicht weggelaufen? Ist das eine Schande? Was ist eine Schande? War es Schande oder Angst oder etwas anderes? War es die Sache wirklich wert? Bevor die Humairuna verschwunden ist, hat sie an ihn appelliert, das Dorf zu verlassen. Aber warum ist sie eigentlich verschwunden? Warum hat man über ihr Verschwinden geschwiegen? Hat sogar er sie vergessen? Er versteht nicht, was passiert ist.

Das pfeifende Geräusch seiner Überlegungen ist quälend. Er betrachtet die wenigen Meter vor sich und will nicht glauben, dass sie das ganze Leben ausmachen, das ihm geblieben ist.

Er beißt in die Erde und hört ganz in der Nähe ein Geräusch. Er schaut auf die gegenüberliegende Seite, es kommt von diesem Anderen. Er kann vier schwarze Stützen erkennen, die durch die glühenden Sonnenstrahlen hindurch das Phantombild eines mythischen Tieres darstellen. Es ist ganz sicher ein Tier, kein Mensch. Er entspannt sich etwas, denn es ist nicht der Feind, und es trägt keine Waffe. Und Hyänen zeigen sich nicht, solange die Sonne scheint, und er ist noch nicht gestorben, dass sie sich ihm nähern und seinen Leichnam zerreißen würden. Dann sind die vier Stützen plötzlich wieder verschwunden, und stattdessen sieht er leuchtende Linien. Er weiß, dass die Sonne ihn täuscht. Er starrt auf das Wesen, dessen Kopf sich gleichzeitig mit seinem hebt. Er ist weiter gekrochen als erwartet, denn er hat jetzt ganz deutlich die Zweige vor Augen. Sie sind ganz nah. Er hebt die Hände, glaubt, er würde zu dem Baum laufen, doch da kracht er mit voller Wucht wieder zu Boden. Bevor er das Bewusstsein verliert, sieht er wieder diese Hand. Das Kalb, das mit einem halben Kopf herumgelaufen ist, hatte er vergessen, aber plötzlich weiß er, dass sein Kopf, als er stürzt, in diese breite Handfläche fällt. Und diese Sekunde, die so geschickt und schnell und banal war wie der Tod, lässt ihn sicher sein, dass es die abgerissene Hand seines Kameraden ist, der sich in dem Moment, als die Granate niederging, neben ihm befunden hatte.

# 7

Kaum erspürt er mit der Hand die Klebrigkeit am Kopf, beginnen seine Lippen zu zittern, und er schiebt sich mithilfe der Schultern Richtung Abhang. Dadurch ist er wieder ein Stück weiter vom Baum entfernt.

Er wälzt sich hinunter, bis er in Sicherheit ist, weit genug von der Hand entfernt. Und in einem Augenblick, der wie das Fließen des Flusswassers unten im Tal immer wiederkehrt, dem Augenblick, in dem er sich eines vagen Schmerzes bewusst wird, der ihm die Erkenntnis über seinen eigenen Körper zurückgibt, jedes Mal, wenn er eine Leiter erklettert, durch die Gassen läuft und kleine Fenster öffnet, in dem Augenblick, als er sich auf die Zunge beißt und gleichzeitig zu atmen versucht, fällt ihm wieder der Zungenbiss von damals ein. Ja, er erinnert sich an ihn. Das war nach der Tracht Prügel mit der Granatapfelgerte.

Ali hatte damals seine ersten sechs Schuljahre hinter sich gebracht und sollte nun im Nachbardorf auf die Mittelschule gehen, denn sein Dorf lag weitab vom Schuss und verfügte nur über eine kleine Grundschule. Zusammen mit anderen Kindern musste er nun täglich ins Nachbardorf reisen – obwohl, es war eigentlich keine richtige Reise, sondern eher ein kurzer Ausflug, nicht länger als eine halbe Stunde mit dem

Bus. Doch Ali mochte es nicht. Die hohen Mauern der Schule nahmen ihm die Luft zum Atmen. Außerdem durfte er nicht zur Schule laufen, wie er das gerne getan hätte. Er hasste es, in den kleinen weißen Bus zu steigen, wo er, eingezwängt zwischen den anderen Kindern, das Gefühl hatte, zu ersticken. Nahla aber zwang ihn dazu, ihn, der jetzt, nachdem er sich die abgerissene Hand vom Hals geschafft hat, eingerollt auf der Seite liegt und zu dem Baum blickt und der damals seine Füße noch spüren und neben den Kindern herlaufen konnte. Das kann er jetzt nicht. Zeitlich ist das gar nicht so lange vom Jetzt entfernt, vielleicht sieben oder acht Jahre, genau weiß er es nicht mehr. Er hat tatsächlich sein Alter vergessen, auch wenn er dafür eigentlich noch zu jung ist.

Seinen Ärger darüber, in dem Bus mit den ununterbrochen lärmenden Kindern zusammengepfercht zu werden, hatte Ali nicht unterdrückt, aber er hatte Nahla gehorcht und war in die Schule gegangen. Er hatte jedoch überlegt, warum er eigentlich das Gleiche machen müsse wie die anderen Kinder. Und wer entschied überhaupt, was Kinder tun sollten? Er hasste die Sprache der Menschen, ihre Art zu reden, zu schreiben, sich auszudrücken, die Art ihrer Beziehung zum Leben gefiel ihm ganz einfach nicht, aber er hatte dafür keine Erklärung. Wer bestimmte, ob er sich mit den anderen in ein Zimmer zwängen musste, das man Schulklasse nennt? Oder in eine andere Räumlichkeit namens Haus? Seine Fragen waren in seinem Kopf gefangen, aber Nahla kümmerte sich nicht darum. Sie bestand darauf, dass ihre Kinder die Schule zu Ende brachten, um

Regierungsjobs, Ehefrauen und Kinder zu bekommen. Seinen Vater hingegen interessierte das alles nicht; zumindest glaubte Ali das. Dessen mangelndes Interesse war ihm eher nützlich, manchmal war es sogar gut, die Dinge im Leben leicht zu nehmen. Sein Vater war in diesem Sinne leicht, glaubte er, und manchmal liebte er dessen Gleichgültigkeit. Er war sich dieses Ausdrucks nicht bewusst; Leichtigkeit, so dachte er und denkt es noch immer, bedeutete für ihn, die Zeit entscheiden zu lassen und sich den Elementen des Lebens hinzugeben, die er liebte. Er war noch immer gefangen von ihnen, vom Wind, von den Bäumen, dem Himmel, den Wolken, den vereisten Tautropfen, die wie Kronleuchter von den Ästen hängen … den kleinen Libellen … den rosafarbenen Würmern, und dem Gras, das zwischen den Felsen wächst und … und … aber all das war nicht wichtig, denn niemand würde verstehen, was er sagen wollte. Seine Mutter schimpfte ihn aus, und sein Vater bediente sich der einzigen Sprache, die er kannte, um sich mit ihm zu verständigen, nämlich die der Granatapfelgerte. Tatsächlich befand er sich ganz weit weg von diesem Vater, der morgens das Haus verließ und abends heimkam. Er wusste nicht, was er tat, bis er ihn auf seinen Reisen begleitete, die, wie ihm später klar wurde, absolut keine Reisen waren. Wichtig ist jetzt nur, dass er an die schmerzlichen Schläge denkt, die ihn an den Schmerz seiner blutenden Zunge, auf die er sich gebissen hatte, erinnern. Der Schweiß tropft ihm ohne Unterlass vom ganzen Körper, setzt sich in seinen Augen fest, und der Salzgeschmack des Schweißes lässt ihn noch durstiger werden als zuvor, als er sein Bewusstsein wiedererlangt hat.

Er muss sich jetzt darauf konzentrieren, dass der Schmerz nur vage ist. Vielleicht hat sich sein Körper in jener damaligen Zeit nicht so stark geöffnet wie jetzt, aber er erinnert sich an die Schläge, die von überallher auf ihn eingeprasselt waren. Es passierte in der ersten Schulwoche, in der sich seine Welt ganz plötzlich verändert hatte. Die neue Schule war voller Fremder: Jungen und Mädchen aus den Nachbarsiedlungen und aus jenen großen Dörfern, die zu einer Ortschaft zusammengewachsen waren. Er aber blieb isoliert, sogar von den Kindern seines eigenen Dorfes. Gewöhnlich setzte er sich auf seinen Platz in der letzten Reihe, ruhig, schweigend und ernster, als es einem Jungen seines Alters angemessen war. Er fürchtete sich vor jenen Worten und betete, dass der Lehrer sie nicht wiederholte, diese Worte, die er immer gehört hatte, wenn die Kinder in der Schule bestraft worden waren. Diese magischen Worte, die ihm den Schlaf raubten und Albträume verursachten und von der Erde erzählten, die sich auftun und die Kinder verschlingen würde. Er war kein ungehorsames Kind, die Schläge, die er von seinem Vater einsteckte, waren eine Gewähr dafür, ihn auf den rechten Weg zu bringen. Aber auch das war unwichtig, denn er wollte nur zurück zu seinem Baumhaus, und wenn man ihm erlaubte, diese fremde Welt zu verlassen und bei seinen Bäumen zu bleiben, würde er ein glückliches Leben führen. Sein Traum war, zu sehen, wie sich sein Vater in einen kleinen Jungen verwandelte und sie beide die Rollen tauschten. Tatsächlich war diese Verwandlung zu einer Obsession geworden, er dachte, es müsste ein Wunder geschehen, damit sein Traum Wirklichkeit wurde. Eines Tages hatte er die Humairuna ausgefragt, er wollte wissen, ob es möglich sei, die Zeit zu kontrollieren, ob er älter werden könne und sein Vater jünger. Die Humairuna hatte sehr ernst erwidert, das sei unmöglich, außer wenn sein Vater stürbe und in einer anderen Familie wiedergeboren würde. In diesem Fall würde sich sein Traum verwirklichen, also nur, wenn seines Vaters neues Leben sich in einem Menschen inkarnieren würde. Und das bezweifle sie, denn sein Vater sei dessen nicht würdig. Das gefiel Ali nicht, denn er glaubte, dass sein Vater niemals sterben würde. Väter sterben nicht, sagte er traurig zu ihr. Dann sprach er nicht mehr über seinen Traum und vergaß ihn schließlich. Als er zwölf Jahre alt wurde und seine Familie beschloss, ihn in diese Schule zu den Fremden zu stecken, glaubte er, sein Problem sei Nahla, die die Gesetze machte. Dieser Junge mit der spitzen Nase und den honigfarbenen Haaren war für die anderen Kinder ein Ärgernis, weil er nicht mit ihnen sprach. Aber für ihn waren sie Fremde. Gleichzeitig hatte er irgendwie das Gefühl, dass sie in der gleichen Situation waren wie er, auch sie legten weite Strecken zurück, um sich gemeinsam mit anderen in einen aus Zement errichteten Raum zu hocken, den die Erwachsenen Schule nannten.

Die ersten Tage verliefen friedlich, auch wenn er sich darüber wunderte, dass er mehrere Lehrer und Lehrerinnen hatte, die alle ein anderes Fach unterrichteten. Das verwirrte ihn. Sein jüngerer Bruder, der zu den besten Schülern des Dorfes gehörte, erklärte ihm zwar, das sei normal, weil sie älter würden und immer spezialisierteres Wissen lernen müssten. Er versicherte auch, dass er ihm in einem Jahr auf diese Schule nachfolgen werde, dann sei er nicht mehr allein. Der kleine fleißige Bruder würde die Universität abschließen und die Familie mit Stolz erfüllen, und er würde niemals an einen solchen Ort verbracht werden, wo sie versehentlich vom Flugzeug aus mit Granaten beschossen würden. Damals hatte er sich nicht um die Worte seines Bruders gekümmert, den er einfach nur als einen kleinen Jungen betrachtet hatte. Ali wollte lediglich draußen in der Natur bleiben, und sogar Nahla hatte ihn als »Kind der Natur« und »Sohn einer Hyäne« bezeichnet. Als er klar und deutlich verkündete, nicht mehr zur Schule gehen zu wollen, hatte sie zu ihm gesagt: »Wo willst du denn leben, du Sohn einer Hyäne, wenn du nicht lesen kannst und die Schule nicht beendest? Draußen bei den wilden Tieren?« Er hatte mehrmals genickt, und als sie antwortete, in diesem Fall müsse er sein ganzes Leben als Lohnarbeiter bei anderen Leuten schuften und seinen Vater zur Arbeit in der Ebene begleiten, nickte er wieder. Als sie zu schreien begann, lief er hinaus in den Wald und kam erst am Abend zurück, nachdem er den ganzen Tag unten im Tal nackt am Fluss verbracht hatte. Er liebte es, dort zu schwimmen, wenngleich der Fluss seit einigen Jahren immer weniger Wasser führte.

Gibt es hier einen Fluss? Vielleicht hatte er nicht genügend Zeit gehabt, die Gegend zu erkunden. Er und seine

Kameraden waren auf der Suche nach Licht, das sich durch die Bäume Bahn brach, durch den Wald gelaufen, vom Tal bis zum Gipfel. Aber er hatte keinen Fluss gerochen. Sie bewegten sich nachts fort, so lautete der Befehl des verantwortlichen Offiziers, denn sie befanden sich an der Frontlinie in den Bergen von Latakia, wo oppositionelle Militärbataillone einige Dörfer kontrollierten. Er wusste nichts über diese Bataillone, er kannte nur die Videos, die die Dorfbewohner sich gegenseitig zeigten. Da waren bewaffnete Männer mit langen Bärten und komischen Gewändern zu sehen, die drohten, sie abzuschlachten. Seine Kameraden hatten Angst, er aber bewegte sich leichtfüßig fort und befolgte die Befehle, begeistert davon, den Wald zu durchqueren, auf den Berg zu klettern und wieder ins Tal abzusteigen. Zu jener Zeit besaß er noch zwei Füße, und jetzt würde er sich nur allzu gern versichern, immer noch zwei Füße zu haben, sie sehen zu können … nur sehen! Wenn er nur seinen Rücken aufrichten könnte. Aber sein Rücken bleibt unbeweglich.

In der zweiten Woche Schule hatte er seine Füße noch gespürt. Er hatte die Welt der Kindheit hinter sich gelassen und saß nun in der Klasse zusammengekauert auf dem hintersten Platz und lauschte, was der Lehrer sagte. Plötzlich spürte er einen Schlag im Nacken und erwachte aus seiner Versunkenheit. Er sah den Mund des Lehrers, der unverständliche Dinge von sich gab, während die anderen Kinder schwiegen. Lachten sie über ihn, machten sie sich über ihn lustig? Das taten sie nicht. Das Gesicht des Lehrers war gerötet, dann, unvermittelt, hörte er jene Worte.

Die Worte, die er vor langer Zeit schon einmal vernommen hatte. Er konnte sie aus der Schimpftirade des Lehrers heraushören. Ali hatte schon Flaum am Kinn, und sein Schnurrbart begann, sich mit goldglänzenden Härchen seinen Weg zu bahnen und Form anzunehmen. Und er bewegte sich allein von einem Dorf zum anderen und konnte tun, was ihm beliebte. Ganz unten am Bauch hatten Haare zu wachsen und sich über seinen ganzen Körper auszubreiten begonnen. Alles an seinem Körper wurde länger, nicht nur seine lange spitze Nase. Auch seine Stimme färbte sich dunkel. Er wollte die Monster töten, die die Erde spalteten und ihn verschlangen, seit er auf der Welt war. Weil der Schlag so schmerzhaft gewesen war, konnte er nicht schreien, und deshalb entfuhr ihm ein Pfeifen. Als Reaktion auf die Aufforderung des Lehrers, den Text zu lesen, hatte er noch nicht einmal ein Stammeln zustande gebracht, und so hatte ihm der Lehrer mit dem Buch auf den Rücken geschlagen und zum zweiten Mal gesagt: »Lies, sonst prügele ich dich so lange weiter, bis etwas aus der Erde kommt und dich verschlingt!« In diesem Moment, so haben es die anderen Kinder später berichtet, riss Ali das Buch an sich, schleuderte es dem Lehrer ins Gesicht und sprang über die Stühle, dann packte er einen Holzstuhl, drehte ihn um und zertrümmerte damit die Fensterscheibe. Die Kinder stoben in Panik auseinander. Schließlich schleuderte Ali dem Lehrer einen Stuhl und einen Tisch entgegen. Lehrer und Schüler konnten ihm nicht Einhalt gebieten, er trat und stampfte mit geschlossenen Augen, und hätte er den Lehrer zu packen bekommen, hätte er ihn gebissen. Doch endlich erwischte ihn der Lehrer, und die Kinder stürzten sich auf ihn und prügelten auf ihn ein. Die Schläge kamen aus allen Richtungen, bis er Sterne sah. Der Lehrer boxte und beschimpfte ihn, und wäre nicht der Schuldirektor gekommen, um ihn in Sicherheit zu bringen, hätten sie ihm die Knochen gebrochen. Ali erinnert sich jetzt an eine Frage, die ihm jahrelang nicht aus dem Kopf gegangen war: Warum hatte der Lehrer zusammen mit den Kindern auf ihn eingedroschen? Wie hatten sie sich so rasch auf ihn stürzen können? Der Lehrer kam aus einem der Nachbardörfer und war aktives Mitglied der Regierungspartei. Und genau dieser Lehrer war es, der sich später im Krieg zu einem Aktivisten erster Sorte gemausert und als Bindeglied zwischen einem Netz aus Milizen und den Mitgliedern der Partei fungiert hatte. Was genau er tat, wusste niemand. Ali würde ihn danach nicht mehr zu Gesicht bekommen, aber sein Ruf eilte ihm voraus. Nicht nur die Kinder würden ihn fürchten, viele kannten ihn und führten seinen Namen im Mund. Es hieß, er sei die Verbindung zwischen der obersten, planenden Staatsgewalt und der unteren, die die Befehle ausführte. Andere behaupteten, er sei vom Geheimdienst. Aber niemand würde je den Wahrheitsgehalt dieser Gerüchte erfahren, und der Lehrer, der Ali so lange geschlagen hatte, bis der Direktor ihn rettete, würde die Beleidigung vergessen, die Ali ihm an den Kopf geworfen und mit der er vor den Schülern seine Autorität untergraben hatte. Genauso würde Ali vergessen, was dieser gesagt hatte: »Ich werde dir und diesem ganzen Bergvolk hier eine Lektion erteilen, du Kreatur, du Nichts ... Du verdammter Hurensohn. Hier bin ich der Staat!« Ali wusste gar nicht, welche Form dieser Staat haben sollte, den er nicht sah und in dessen Namen so viele sprachen. Das bedeutete jedoch nicht, dass er nicht von Zeit zu Zeit zufrieden über sich selbst lächelte, wenn er an den Vorfall in der Schule dachte, als er jenen Lehrer ins Gesicht geschlagen hatte, der die Monster aus der Erde lassen wollte, damit sie die Kinder verschlangen.

Nach diesem Vorfall verließ Ali die Schule. Er war glücklich, denn er hatte die Monster bekämpft, die aus der Erde emporstiegen, um Kinder zu verschlingen. Jetzt erinnert er sich daran, dass er danach tagelang das Bett hütete, den Auslöser für seinen Schmerz jedoch nicht kannte. Die düsteren Tage, in denen er diese Drohung hatte hören müssen, waren vorbei. Bei ihnen zu Hause wurde sie nicht ausgesprochen. Er war überzeugt davon, dass die Lehrer den Hyänen aus den Wäldern glichen. Er hatte einen großen Hass auf diese Lehrer, was seine Familie nicht verstehen konnte. Als er es einmal gewagt hatte, Nahla zu erzählen, die Lehrer seien Spione der Monster, die im Inneren der Erde lebten und die Kinder fressen würden, lachte sie und schenkte ihm keine Beachtung. Sie glaubte, dass sich die Aufregung legen werde, genau wie das Leben einfach weiterging, als sei nichts gewesen. Denn nach einigen Monaten hatten sie und die anderen diese Tracht Prügel vergessen, und selbst Ali dachte nicht mehr daran. Er wurde wieder er selbst und musste nicht mehr zu jenem Ort namens Schule, wo er mit fremden Kindern zusammenhocken musste, die ihn geschlagen hatten. Nahla, seine Geschwister und sein Vater vergaßen dies alles, weil ihr jüngster Sohn so fleißig war, dass sie über die Widerspenstigkeit ihres mittleren Sohnes hinwegsahen. Der Jüngste war ihre Gewähr, ihren Traum zu träumen, den Traum von einem gebildeten Sohn, der zur Universität gehen würde. Ali würde auch vergessen, dass sein Vater ihn an den Stamm der Eiche gebunden und mit der Granatapfelgerte geschlagen hatte. Bis zum Ende der Nacht blieb er dort angebunden, um seine Strafe zu verbüßen. Stündlich kam der Vater und fragte, ob er sich beim Lehrer entschuldigen und wieder in die Schule zurückkehren würde, aber Ali, um die Hüfte mit einem Seil gefesselt, antwortete mit einem Pfeifen und warf den Kopf in die Höhe, ohne seinen Vater anzusehen. Immer wieder machte er diese Kopfbewegung und starrte in die Äste des Baumes, und der Vater schlug ihn erneut, und Ali pfiff, während er geschlagen wurde, den Blick hoch oben in die Zweige gerichtet, vertieft in die Veränderungen des Lichts und das Spiel mit den Blättern. Schließlich löste Nahla das Seil und behandelte seine Wunden, die die Rute seines Vaters und die Schläge des Lehrers und der Kinder hinterlassen hatten, während Ali pfiff und pfiff und pfiff.

Jetzt kann er nicht pfeifen. Seine Lippenmuskulatur ist versteift, als würde sie von dicken Seilen gehalten. Wenn es ihm gelänge, vorwärtszukriechen und an den Platz zurückzugelangen, wo er war, bevor er aus Angst vor der abgerissenen Hand abgerutscht ist, müsste er nur ein Wunder erflehen. Er muss aufstehen, den Kopf mit noch größerer

Kraft heben, denn die Sonne ist von der Himmelsmitte verschwunden, und er, der die Bewegung der Tageszeit an den Farben des Lichts erkennt, weiß, dass ihm die Zeit davonläuft. Er schiebt sich mit Brust und Kopf nach vorn und kann seine Umgebung wieder erkennen. Dann sieht er diese Dinger, die er Füße nannte. Es sind nur Sekunden, bevor sein Kopf wieder herabsinkt. Er hat also Füße, sie wurden ihm nicht abgerissen. Aber was wäre, wenn sie sich unter dem Berg von Laub abgelöst hätten. Plötzlich entdeckt er seinen Militärstiefel. Er hustet, er kann nicht atmen, fühlt etwas Schweres, aber das beruhigt ihn, denn das Gefühl von Schwere und der Anblick seines Stiefels mit dem langen Schaft bedeuten, dass er in der Lage sein würde zu gehen. Aber was ist dieses schwere Ding, das seine Knie lähmt? Er reckt den Hals, und da erkennt er es. Er erschrickt und sieht wieder das Bild seines Kameraden, der durch die Luft fliegt. Innerhalb weniger Sekunden begreift er, dass es nichts anderes ist als einer der Säcke der Sandbarrikaden. Vielleicht hat er ihn am Vorwärtskommen gehindert. Also muss er diesen Sandsack loswerden. Er atmet tief ein, dann hält er den Atem an. Das macht er regelmäßig mehrmals hintereinander. Er atmet noch einmal tief ein, dann stützt er sich hoch, als würde er aus seinem Grab aufstehen. Er bewegt die Körpermitte, zieht die Knie an und dreht sich um. Er ist den Sandsack losgeworden und liegt jetzt zusammengekauert auf der rechten Seite. Er schüttelt Laub, Zweige und den Rest des Sandsacks ab und sieht seinen unversehrten Körper, so glaubt er zumindest.

## 8

Ali weiß nicht, wer er ist. Sein Leben zieht so bruchstückhaft an ihm vorbei, wie er es gelebt hat. Er hat vergessen, ob er selbst Teil einer Gruppe ist, die gemäß den Regeln und der Geschichte des Berges leben. Es kam ihm nie in den Sinn, die Form seines Gesichts, seiner Füße oder seiner Nase zu betrachten. Oder sich zu fragen, woher er seine harten Gesichtszüge hat. Oder wer er wirklich ist. Und warum er Teil von alldem sein müsse. Geschweige denn, warum er über alldiesen Krimskrams nachdenken solle, über all den grenzenlosen Luxus, den die anderen besitzen, wenn sie doch wissen, was sie im Leben wollen, und es sogar benennen können: Hoffnung, oder ein Ziel. Einer Sache ist er sich jedenfalls sehr bewusst, und zwar, dass er hier bewegungslos auf dem Boden liegt und den Baum und den Anderen betrachtet. Er ignoriert den Lauf der Sonne und die Frage, was er machen wird, wenn sie erlöscht und der Planet nicht mehr existiert. Es scheint, dass sich alles verändern kann, ganz unvermittelt und auf unverständliche Art und Weise. Er interessiert sich für die Bäume ... für den Wind, die Wolken und die Berge, für den Regen und die Sterne, den Mond und für Gerüche, für alles, was ihn nur die innere Stimme hören lässt. Er interessiert sich mehr für die Elemente, die keinen Firlefanz brauchen, wie er immer zu sich selbst sagt. Deshalb mag er keine Tiere und läuft den Vögeln nicht hinterher. Der Wind hat einen Platz in seiner Seele, er glaubt, dass er ihn besser kennt als die Wolken, den Regen und den Schnee. Er hat den Wind gierig geschluckt, ihn eingeatmet wie etwas, was man verdauen kann. Wenn der Wind über seine Wangen strich und in seinen geöffneten Mund drang, aß er ihn wirklich, kaute ihn und schluckte ihn herunter. Er konnte mit geschlossenen Augen wissen, aus welcher Richtung der Wind kam, konnte den Regen in ihm sehen, bevor er niederging, an seiner Kälte erspüren, ob Schnee fallen würde.

Ja! Der Wind ist ein grundlegendes Element in seinem Leben, genau wie die Bäume und die Wolken. Früher hat er über all das nicht nachgedacht, weil er noch nicht entschieden hatte – oder noch nicht wusste –, dass sie ihm unentbehrlich waren. Er glaubte, so sei das Leben, und verspürte die innere Sicherheit, dass er sich niemals von seinen Bäumen und seinen geliebten Elementen trennen würde. Täglich auf dem Dach ihres Hauses zu sitzen, zu allen Jahreszeiten, fernab der Familie und der Nachbarn, war ganz selbstverständlich Teil seines Wesens. In pechschwarzen Nächten, wenn sich im Liegen seine Rippen mit den Sternen bewegten und sich seine Seele wie eine Birne schälte, da wusste er, dass er für immer so bleiben wollte.

Jetzt denkt er, wenn doch ein Wind aufkäme! Dann würde er vielleicht seine Kraft zurückerlangen. In seiner Überschwänglichkeit, die wie ein Donner hervorbricht, will er leben. Ja, das will er ... Er will jeden Tag in seinem Dorf aufwachen, er will Nahlas Gesicht sehen, zulassen, dass der Wind seine Wange umspielt und sich in seinem Bauch niederlässt. Das ist etwas, was ganz tief sitzt, eine lebenswichtige Sache, die er nicht erklären kann. Er weiß nicht einmal, ob er sie lebenswichtig nennen kann, aber er fühlt es ganz tief in sich.

Kaum hat er in einer bedächtigen Pendelbewegung den Kopf gehoben und gesehen, dass er noch beide Füße hat, ist er plötzlich hellwach, auch wenn er nicht sicher weiß, ob er noch ein Leben vor sich hat. Zumindest fühlt er seine Füße noch. Was für eine Erleichterung! Es verleiht ihm Stärke und lässt Erinnerungen an leichte Brisen wachwerden, deren frischer Duft an seiner Nase vorbeizieht. Vielleicht wird der Himmel beschließen, ihm zu helfen, und ihm einige Stöße seines regenschwangeren Windes schicken. Aber es ist Sommer!

Er bewegt einen Fuß und glaubt fest, dass er sich aufsetzen kann. Aber als er den Kopf hebt und sich auf seinen linken Ellbogen stützt, sieht er an der unteren Seite seines Militärstiefels dieses Loch, diese treulose Unvollständigkeit. Es ist eine Lücke, deren Bedeutung er zuerst nicht versteht, denn er kann sie nicht deutlich erkennen, trotz des strahlenden Lichts und der freien Sicht. Dann wird das Loch augenfällig. Sein rechter Fuß, es ist sein rechter Fuß. Der Stiefel ist an der Ferse offen. Er schließt daraus, dass sein Stiefel an der Sohle lädiert ist. Er starrt und atmet tief ein, dann richtet er sich halb auf. Ja, seine rechte Ferse ist nicht da. Sobald er seinen Fuß bewegt, bleiben an diesem blutigen Loch Erde und Laub hängen, und er erfährt einen Schmerz, wie er ihn noch nie zuvor gespürt hat. Ein Teil seines Körpers muss also mit den Erdkrumen und Sandkörnern in die Luft geflogen sein und sich aufgelöst haben.

Ein Teil von ihm ist tatsächlich begraben.

Das ist kein Traum.

Er sucht mit seinen Augen die Umgebung ab, vielleicht entdeckt er ja seinen verlorenen Körperteil. Aber dann überlegt er, dass die Ferse sich bestimmt komplett aufgelöst haben muss. Jedes Mal, wenn er einen Schmerz verspürt und begreift, dass er noch am Leben ist, wächst seine Entschlossenheit. Dieses Mal aber ist etwas anders, und er hofft, dass nicht noch andere Teile seines Körpers verloren gegangen sind. Er wird noch weiterhin solche Momente der Überraschung und des Erstaunens erleben, er wird den Kopf drehen und den Körper des Anderen hinter dem Baum sehen, der auf die gleiche schwankende Weise dasitzt, auf den rechten Ellbogen gestützt, und zu ihm herüberschaut. Ali wird darüber nachdenken, ob auch der Andere einen Teil von sich verloren hat, vielleicht seine Ferse. Dann überkommt ihn die Vision, dass er nur in einen Spiegel schaut und dass jenes Wesen sich gleichfalls bewegt und die gleiche Wunde am linken Ohr hat. Er wünscht sich, er könnte ihn deutlich sehen und ihn aus seinem Kopf verdrängen. Er denkt an die wilden Tiere, die auftauchen werden, sobald sich die Dunkelheit herabsenkt. Er erwartet sie.

Wie mag das Stück Fleisch von ihm ausgesehen haben,

als es in der Luft zerstreut wurde? Es muss wie Erdkrumen gewesen sein!

Er beißt sich auf die Lippen und schmeckt eine bittere Salzigkeit. Der Geschmack ähnelt der Eichel, Bitterkeit, durchzogen von Salzigkeit. Für einen Augenblick denkt er, er habe Ähnlichkeit mit dem Kalb, das mit halbem Kopf herumgelaufen ist, aber das Bild von dem Kalb beschwört Erinnerungen an den Wind und den Mausoleumsbaum herauf, und das verleiht ihm Geduld. Er kennt den Wind wie nichts anderes, er spielte mit ihm, er war vertraut mit ihm, wenn er den felsigen Steilhang herabwehte. Nachdem er sich geweigert hatte, weiter zur Schule zu gehen, und an den Stamm seines Baumes gefesselt die schlimme Tracht Prügel von seinem Vater bezogen hatte, war er am nächsten Tag vor der Morgendämmerung aus dem Bett gesprungen. Es war kalt gewesen, der Winter hatte bereits Einzug gehalten. In diesen Bergen schlug den Menschen die Morgendämmerung wie ein scharfes Rasiermesser ins Gesicht. Das hatte Ali jedoch nicht daran gehindert, das Haus zu verlassen, trotz der Wunden an den Füßen, die die Gertenschläge verursacht hatten. Er ließ das Dorf hinter sich und lief in Richtung des felsigen Steilhangs durch den Wald, bis die Felsen vor ihm auftauchten. Auf der anderen Seite des Berges sah er die Spalte, wo sich die Erde aufgetan und einen steilen Abhang hatte entstehen lassen. Die Dorfbewohner nannten ihn den Abhang zum Höllental.

Er setzte sich an den Rand des Felsens, und wieder überkam ihn der Wunsch zu fliegen. Er zog seine Plastikschlappen aus, streckte die Beine in die Luft und ließ seine blau angelaufenen Zehen tanzen, die die Spuren der Granatapfelgerte trugen, und atmete zufrieden ein, während der Wind seine Zehen umspielte. Es wehte eine scharfe Brise, kühl genug, dass er sich entspannte und in den Abgrund blickte. Auch der Himmel spielte mit ihm. Und der Regen, der nach dem Hellwerden eingesetzt hatte, durchnässte ihn. Mit den Fingerspitzen berührte er die Felsvorsprünge und schaute nach unten, auf die gegenüberliegende Seite. Er fragte sich, ob es dort fremdartige Bäume gäbe, die er noch nicht kannte. Die Humairuna hatte ihm erzählt, dort befände sich nichts Außergewöhnliches, nur ein kleiner Fluss – den kannte er, weil er dort schwimmen ging – und Wälder, zu denen er vom Nachbardorf aus zu Fuß gehen konnte. Von dort aus war es einfacher, weil der Abhang auf der anderen Seite weniger steil war. Vielleicht sollte er ein kleines Kleiderbündel packen, in das Tal hinuntersteigen und so lange laufen, bis er einen Platz fände, an dem er leben könnte, ohne zurückkehren zu müssen. Doch er ließ die Idee wieder fallen, denn er liebte es, hoch oben mit dem Wind zu leben. Er legte sich zurück, sodass sein Körper im rechten Winkel an dem felsigen Abhang klebte. Von Weitem konnte man ihn für die Kathete eines rechtwinkligen Dreiecks halten. Er stellte sich vor, jemand würde von oben auf ihn schauen, und diese Person würde Ali als Teil des Abhangs sehen, die untere Hälfte im Wind hängend, die Füße in der Luft schaukelnd, während die andere Hälfte sich an den Felsen klammerte, die Arme ausgestreckt zu einem Kreuz und die Finger in den spitzen Fels gekrallt. Er wünschte sich, dieser Abhang würde sich in einen hoch aufragenden felsigen Pfeiler verwandeln, den ein Bett aus Stein krönte, daneben die beiden Eichen, die von zu Hause und die des Mausoleums. Die Bäume würden in einem solch felsigen Untergrund jedoch nicht wachsen, und trotzdem war er davon überzeugt, dass sie ihren Weg finden würden, den felsigen Pfeiler auf der Suche nach Erde herabwandernd, um in diesen Felsen ihre Wurzeln auszustrecken. Der Gedanke gefiel ihm, er lächelte. Dann schluckte er ein paar Regentropfen, er streckte die Zunge raus und genoss den Geschmack der kleinen Tropfen, die über seine Zunge kullerten. Er lachte laut, das geschah nur selten. Den Schmerz in den Zehen und am Rücken und die Blessuren infolge der Gerte seines Vaters hatte er vergessen. Diese Gerte, die aus dem Granatapfelbaum gefertigt war, sie war dünn und weich. Bevor er das Haus am frühen Morgen verlassen hatte, hatte Ali sie behutsam und angsterfüllt unter dem Bett seines Vaters hervorgezogen, der sie hütete wie einen wertvollen Schatz. Er hatte sie an sich gerissen und gefühlt, wie weich und biegsam sie war. Dann war er mit ihr zu dem Abhang gelaufen. Die ganze Zeit über schwenkte er sie in der Luft, und als er beim Abhang ankam, warf er sie ins Tal. Er schaute ihr nach, während die Regentropfen seine Zunge tätschelten. Er brauchte nichts außer seinem Traum von dem steinernen Bett auf einer hoch aufragenden Säule. Das war durchaus möglich, er hatte einmal eine Geschichte über einen Mann gehört, der so gelebt hatte … Aber …

Der Himmel war schwarz geworden, der Regen prasselte. Ali richtete sich wieder auf, ließ die Füße baumeln und blickte in den Abgrund. Er hatte keine Angst. Sein Rücken schmerzte, er konnte nicht mehr liegen, deshalb zog er die Knie hoch ans Kinn, dann streckte er sich wieder. Er stand auf und näherte sich dem Abgrund, stabilisierte die Füße, breitete die Arme aus, und ein Schauer lief ihm über den Rücken, so zumindest kam es ihm vor. Er öffnete die Augen, sah die Weite des Himmels und die Ausdehnung der Wälder. Er war bereit zu fliegen. Der Wind stachelte ihn an, mit ihm zu spielen, und mit dem Wind spielen bedeutete fliegen, sagte er sich. Er wollte sein Lieblingsspiel mit dem Wind spielen, und sei es nur einmal, und dabei auf die Äste verzichten. Er atmete tief in den Brustkorb, bis seine Rippenknochen hervortraten. Es regnete jetzt heftig, der Wind hatte sich gelegt, und plötzlich erwachte er aus seinem drängenden Wunsch vom Fliegen. Er trat zwei Schritte vom Abhang zurück und hielt sich an einem scharfen Felsvorsprung fest. Unter ihm wuchs eine Pflanze, er schaute nicht nach, was für eine es war. Sie hatte jedenfalls Stacheln, er verletzte sich an den Fingern, kauerte sich wieder zusammen, indem er die Knie an die Brust zog, und murmelte: »Hier werde ich leben.«

Aber Ali würde nicht dort leben. Bis zum Einbruch der Nacht blieb er dort, ohne sich zu rühren. Als er müde wurde, legte er sich zusammengekauert auf den Boden. Seine Familie hatte den ganzen Tag nach ihm gesucht und ihn nicht gefunden. Nahlas Gebete hatten widergehallt, als sie in das Tal vor ihrem Haus hineingerufen hatte. Sie hatte geglaubt, ihr Sohn sei seiner Tante gefolgt und habe sich ins Tal gestürzt. Sein Vater durchforstete die Wälder und rief gleichfalls seinen Namen. Sie fanden ihn am nächsten Morgen. Er sei fast bewusstlos gewesen und hätte zur Hälfte im Wind geschwebt, zusammengekauert wie eine Distelkugel, erzählten die Nachbarn. Die Zunge habe ihm aus dem Mund gehangen, er habe darauf gebissen, und ein paar Tropfen Blut seien geflossen. Als sie ihn zurückbrachten, schwor Nahla bei den Gräbern aller Heiligen, dass sie ihn niemals wieder in die Schule gehen lassen würde. Und sie legte ein Gelübde ab, ein Gelübde, das sie erfüllen konnte, weil sie kein Tier dafür opfern oder Geld ausgeben musste: Sie gelobte, barfuß mit ihrem Sohn zum Grabmal des Großen Heiligen Scheichs zu gehen. Vielleicht würde dieser den Jungen von seiner Zerstreutheit heilen. »Von seinem Wahnwitz«, wie die Leute im Dorf es nannten, sagte sie nichts.

# 9

Selbst in Augenblicken größter Angst und Verzweiflung hatte Nahla sich niemals getraut, ein solches Gelübde auszusprechen. Ihr Lebensstandard hatte sich von Tag zu Tag verschlechtert, und die Zeiten, in denen sie für ein Gelübde ein Tier hätte opfern können, waren vorbei. Aber nun hatte sie geschworen und würde keinen Rückzieher machen. Die Worte waren ihr einfach so von der Zunge gerutscht, während sie Ali, in Erwartung des Arztes, die feuchte Kleidung auszog: »Barfuß … frierend … wir werden diesen Weg gehen!«

Ali freute sich und vergaß den Traum vom Leben auf dem Felsen. Er hatte begonnen, seine Kindheit hinter sich zu lassen, und war glücklich, dass sie am Ende nachgegeben hatten. Obwohl dieses Grabmal sehr weit entfernt war, stellte er sich vor, wie sich die Reise gestalten würde. Was ihm am meisten gefiel, waren zwei Dinge: dass sie zu Fuß gehen und dass er und seine Mutter barfuß laufen würden.

Als sie die Stadt erreichten, sah er, dass Nahla sich bückte und ihre Schuhe auszog. Seit er denken konnte, hatte er seine Mutter immer in den gleichen Schuhen gesehen: braune Damenschuhe mit einem viereckigen Absatz, die beim Gehen klapperten. Sie hatte sie vom Gebrauchtkleidermarkt gekauft und damit angegeben, dass sie im Ausland produziert worden seien. Auch er bückte sich nun und tat es ihr nach. Sie nahm ihm schnell die Schuhe ab, stopfte sie in einen Sack, packte ihn fest an der Hand und ging, ohne ein Wort zu sagen, los.

Seit dem Vorfall auf dem Felsen war über eine Woche vergangen, die er im Bett verbracht hatte. Der Vater hatte sie gewarnt, es sei zu kalt, und versucht, Nahla davon abzubringen, ihrem Gelübde so zeitnah nachzukommen. Doch Nahla hatte geantwortet, es sei ein gutes Omen, denn im Sommer barfuß zu gehen, habe keine Bedeutung; der eigentliche Sinn ihres Gelübdes sei die beißende Kälte bei ihrem Vorhaben. Viele Leute, unter ihnen die Humairuna, versuchten, diese schmale Frau dazu zu überreden, die Erfüllung ihres Gelübdes bis zum Frühling zu verschieben, aber Nahla fürchtete sich vor Gottes Zorn und vor der ewigen Verdammnis ihres Sohnes, wenn sie ihr Gelübde nicht rasch erfüllte. Dann setzte sie hinzu, dass sie ihren Sohn lehren werde, ein Mann zu sein. Eine ganze Nacht lang hätte er den harten Steilhang und die Hyänen ertragen, ohne dass ihm etwas zugestoßen sei, und dies sei für sie ein Zeichen, dass sie ihr Gelübde einfach erfüllen müsse.

Also hatte sie ihren Sohn entschlossen bei der Hand genommen. Er erinnert sich daran, wie sie mit ihrer rauen Hand seine Finger umfasste und ihn hinter sich herzog, ungeachtet der Kälte und der Blessuren an seinen Füßen. Sie sagte, es sei ganz einfach, sie müssten immer nur der Schnellstraße folgen, die die Regierung zwischen Damaskus und Latakia durch die Ländereien und Gärten der Bauern gebaut hatte. Zum ersten Mal sah Ali Zitrusplantagen und Eisenbahnschienen, die parallel zur Schnellstraße verliefen. Einen Zug würde er allerdings in den folgenden Stunden nicht zu Gesicht bekommen. Er wunderte sich, dass man Gleise baute, auf denen keine Züge fuhren. Die Zitronen- und Orangenbäume waren groß, aber nicht so imposant wie seine Bäume, mit ihnen konnten sie nicht konkurrieren, wie er aufgeregt feststellte. Aber sie leuchteten unter den Regentropfen anders. Er entdeckte, dass sie silbern glänzten, und ihr Duft ließ sein Herz höherschlagen. Diese sich vor ihm erstreckende Weite und das Übergehen des Himmelsgraus in das Grün der Landschaft faszinierten ihn. Damals wusste er noch nicht, dass er einmal als Lohnarbeiter auf diesen Plantagen arbeiten und dort Orangenbäume entdecken würde, die so groß waren, wie er es sich niemals hätte träumen lassen. Glücklich betrachtete er die Häuser und die hinter ihnen liegenden Dörfer und dachte, seine Mutter würde ihn mit einem kurzen Ausflug zum Meer belohnen. Doch das passierte nicht, weil ihre Füße so rissig geworden waren wie seine eigenen. Während ihrer Wanderung musste er heftig husten, denn er hatte sich am Felsabhang eine starke Erkältung zugezogen. Das sei alles Teil des Gelübdes, sagte seine Mutter, je mehr Schmerzen er verspüre und je größere Geduld er aufweise, desto näher käme er Gott. Wenn er älter sei, wiederholte sie von Zeit zu Zeit, werde er begreifen, was es bedeute, Gott und die Rechtschaffenen Heiligen zufriedenzustellen.

Als Ali zum Grabmal kam, blickte er sich erstaunt um,

denn der Ort hatte nichts mit dem Bild zu tun, das er sich von dem Wind und den Bäumen hier gemacht hatte. Er hatte keine Ähnlichkeit mit den Grabmälern in den hohen Bergen, sondern sah eher aus wie ein Gästehaus.

Gemeinsam betraten sie das Mausoleum mit dem rechten Fuß, küssten die Wand auf der rechten Seite, küssten die Türe oben, dann die linke Wand und schlichen schließlich unterwürfig hinein. Doch das Glück, das er erwartet hatte, wollte sich nicht einstellen. Nun lag er, mit einem grünen Tuch bedeckt, neben dem Grabmal, den Blick auf ein offenes Fenster geheftet, durch das das Geäst eines Baumes zu sehen war. Nahla rieb ihm Gesicht und Füße mit Öl ein, während die Leute ihnen aus Mitleid etwas zu essen und zu trinken anboten. Sie waren vollkommen erschöpft, vom Regen durchnässt, und das Atmen fiel ihnen schwer. Der Himmel hatte an ihrer Stelle entschieden, dass sie bis zum Morgen hierbleiben würden. Und als Nahla die Füße ihres Sohnes gesehen hatte, hatte sie beschlossen, nicht zu Fuß zurückzukehren. Es waren genau die Füße, an die Ali jetzt denkt, die Füße mit der fehlenden Ferse und mit den Zehen, die die Erinnerung an den Felsabhang und das Mausoleum heraufbeschworen haben. Es sind die gleichen Zehen, die er nicht sehen kann, während er hier liegt und an der Spitze seines Stiefels Fantasiegebilde aus Blut und Fleischfetzen erblickt, die mit seiner Ferse durch die Luft geflogen sind. Aber dort, in dem Mausoleum, hatte er die Risse in seiner Ferse und die Wunden an den Fußsohlen noch berühren können. Da war er noch ganz gewesen. Als seine Mutter ihm das grüne Tuch um die Brust gewickelt und das gesegnete Öl, über dem Koranverse rezitiert worden waren, auf die Stirn gerieben hatte, wiederholte sie mehrmals: »Ich gebe dir meine Kinder zu treuen Händen, Scheich Abu Ali ... Schenke uns dein Wohlgefallen ... meine Kinder ... sie sind mein eigen Fleisch und Blut. Ich habe sie aufgezogen und stets meine Gelübde erfüllt ... Ich habe sie mit meinem Blut und meinem Fleisch aufgezogen ...« Dann breitete sie die grüne Decke aus und wickelte sie ein zweites Mal um Alis Körper. Wärme strömte in ihn ein. Es waren nur schwache Stimmen zu hören, flehentliche, die Kuppel war nicht sonderlich hoch, an den sauberen und weiß gekalkten Wänden hingen Bilder. Um das Grab herum hatte man Koranexemplare gelegt. Im Gegensatz zu vielen anderen Mausoleen, deren Heilige nicht dort begraben und die nur zum Zwecke von Zeremonien erbaut worden waren, war dieser Heilige – *Gott heilige seinen Namen,* wie sein Scheich sagte – hier beerdigt. Ali schmiegte sich an das Grab. Ihn durchfuhr ein Schauder, aber er hatte keine Angst, neben einem Grab aus Marmor zu liegen. Er dachte an das Grabmal seines Dorfes, das aus Zement war und das er Mausoleum des Windes nannte. Man hatte es ganz oben auf dem höchsten Gipfel des Berges errichtet, die rechte Mauer klebte geradezu am Stamm der Eiche, die laut den Dorfbewohnern über fünfhundert Jahre alt war. Ihre Zweige umfassten das Mausoleum wie eine Hand, und auch die Kuppel war von Zweigen bedeckt. Manche Äste verzweigten sich nach oben hin, und das waren genau jene, die

Ali so oft hinaufgeklettert war, um von dort die Gipfel der Berge zu betrachten. Er hatte seine Mutter einmal sagen hören, sie lebten nur ein kleines Stück unter dem Haus Gottes. Das schien ihm ein Privileg zu sein, als hätte er nun ein Geheimnis, das nur ihn betraf. Sein Mausoleum, das Mausoleum des Windes, war klein, gekalkt und sauber, das Grab bescheiden. Ein einziges grünes Tuch lag darauf, Tongefäße für Öl und Weihrauch standen dort. Vor einigen Jahren hatte Abu Al-Zain dieses große Bild mitgebracht, auf dem ihre Heiligen mit dem Präsidentenvater abgebildet waren. Ein großes Gemälde, das nun mitten an der Wand des Mausoleums hing, ein mal einen Meter groß. Jedes der Gesichter war durch eine weiße Aureole vom nächsten getrennt. Ali kannte dieses Bild, seit er auf der Welt war, aber es verwirrte ihn noch immer. Als er fünf Jahre alt gewesen war, hatte man ihm erzählt, dass diese Männer die Rechtschaffenen Heiligen seien. Er versuchte, eine Ähnlichkeit zwischen diesen Heiligen zu entdecken, und verstand nicht, warum der Vater des Präsidenten so anders aussah; er trug weder einen Turban noch den Aqqal, das Kopftuch der Männer, wie die anderen. Und warum war er überhaupt auf dem Bild? Und warum in dieser Pose, die Hände an die Ohren gehoben. Er betete wirklich! Einen dieser Heiligen liebte Ali von ganzem Herzen, und als er älter wurde, betrachtete er ihn oft. Die Heiligkeit seines Antlitzes leuchtete in vielen Farbabstufungen, die in seinem Herzen ein Fenster zu ihm öffneten, obwohl es sich nur um Variationen von Weiß und Schwarz handelte. Auf dem Bild waren neununddreißig Heilige und Scheichs abgebildet. Der Präsident war in der vorletzten Reihe, sein Lieblingsheiliger in der ersten. Immer, wenn Ali das Mausoleum betrat, schaute er ihn an und sprach zu ihm, weil er glaubte, er sei der wichtigste von ihnen. Er war fasziniert von ihm, abgesehen von den Farben, in denen er gemalt war und bei denen das Weiß vorherrschte. Ali war verzaubert von seinen Gesichtszügen, von seinem dichten weißen Bart, seiner schmalen Erscheinung, den eingefallenen Wangen, die ihn traurig und asketisch aussehen ließen. Als Ali sechs Jahre alt gewesen war, entwickelte sich eine verborgene Liebesbeziehung zwischen ihm und dem Antlitz jenes Heiligen, und einmal fragte er seine Mutter, ob ihre Heiligen Präsidenten seien oder ob ihr Präsident wie ihre Heiligen sei. Oder waren sie alle Präsidenten? Seine Mutter antwortete nicht, sondern schaute ihn nur an, dann wandte sie ihr Gesicht ab und sagte: »Siehst du, jetzt hast du eine Zunge und kannst reden. Los, steh auf und verschwinde von hier!«

Nach diesem Vorfall erwähnte er die Sache nicht mehr. Er war noch zu klein für so etwas, er schaute auch das Bild nicht mehr an; es war ihm egal, ob sich das Bild des Präsidenten unter den Heiligen befand. Das Bild seines Lieblingsheiligen hatte er in seinem Herzen bewahrt und betrachtete es allein, in sich, während er leichtfüßig und flink zwischen den Felsen hin und her sprang. Ziegenbock des Steilhangs wurde er deshalb genannt; das fand er lustig, es amüsierte ihn und ließ ihn noch leichtfüßiger springen und ihren Spott herausfordern. Er fühlte sich nicht beleidigt durch die

Bezeichnung Ziegenbock. Die wirkliche Beleidigung, die er in seinem Leben erlebt hatte, war in jenem marmornen Mausoleum passiert, während er, eingehüllt in das gesegnete grüne Tuch und schwer vor Erschöpfung, einschlief. Seine Mutter hatte in der Beleidigung eine Form der Erlösung und Zufriedenheit Gottes mit ihm und ihrem Gelübde gesehen. Es hatte damit begonnen, dass sie seine von Blut und Öl feuchten Fußsohlen mit ihrem Kleid abrieb. Er erinnert sich, dass sie die Ferse seines Fußes massierte, und noch jetzt spürt er ihre Berührung und wundert sich, wie die Jahre so rasch vergehen und wie er diesen Moment jemals vergessen konnte, der ihm jetzt angesichts seiner abgerissenen Ferse wieder einfällt. Sie hatte seine Füße mit Öl eingerieben und ihn dann aus seinem Schlummer geweckt, wodurch sich auch die schmerzenden Stiche wieder bemerkbar machten, denn die ganztägige Wanderung durch den Regen hatte seine von der Granatapfelgerte lädierten Fußsohlen erneut aufreißen lassen. Dann nahm Nahla plötzlich sein Gesicht, rieb es mit Öl ein und sagte: »Ich vertraue dir meine Kinder an, Scheich Abu Ali, mögest du mit uns zufrieden sein. Meine Kinder … mein eigen Fleisch und Blut, ich habe sie aufgezogen und immer meine Gelübde erfüllt …« Dann küsste sie seine Zehen, leckte sie ab und weinte. Er erinnert sich, dass auch sie genau wie er mit der gleichen Granatapfelgerte geschlagen worden und von Zeit zu Zeit schluchzend in eine Ecke des Zimmers geflohen war. Nahla konnte weder lesen noch schreiben, und seinem Vater gelang es nur mit Mühe, die Buchstaben zu entziffern. Aber er hatte gebrüllt, sie solle seine Kinder das Lesen lehren, und sie geschlagen, als er herausfand, dass sie nicht dazu in der Lage war. Er selbst, der wütende Vater, hatte vergessen, dass sie nicht lesen und schreiben konnte. Er schlug sie auch aus anderen Gründen, die Ali nicht verborgen waren, etwa wenn sie nicht wollte, dass er sich auf sie legte, weil die Kinder neben ihr schliefen und weil sie wusste, dass sie dann wieder einen dicken Bauch bekäme. Sie würde wieder einen Klumpen Fleisch zur Welt bringen, der ihr das Herz brechen würde, wie es Ali und seine Brüder taten. Sie sagte, ihre Liebe zu ihren Kindern bringe sie um. Und deshalb hinderte Ali sie nicht daran, ihm die Zehen zu küssen und abzulecken.

Was dann folgte, empfand niemand außer Ali als Beleidigung. Er kannte die Empfindung nicht, wusste nicht, dass sich eine Beleidigung so anfühlte. Aber ihm war, als trete ihm jemand auf den Hals. So hatte er es sich selbst erklärt. Er lag zusammengekauert da, ans Grab geschmiegt, und wollte nur, dass seine Mutter aufhörte zu weinen und seine Wunden zu lecken. Dann hörte er einen Mann schimpfen: »Steh auf, raus mit dir, du verrückte Frau! Bringt sie raus hier! Möge Gott uns Vernunft schenken und unseren Glauben stärken!« Diese Beleidigung setzte sich tief in Alis Herz fest. Der Mann, den Ali aus den Augenwinkeln heraus erspähte, hielt eine Gebetskette in der Hand. Er war ein Scheich, aber nicht der Scheich des Mausoleums. Er gehörte zu den neuen Scheichs, die in den letzten Jahrzehnten auf den Plan getreten waren. Der Scheich des Mausoleums hingegen, der später hinzukam, schien ein guter Mensch zu sein, wie seine Mutter später sagen würde.

Folgendes war geschehen: Nahla hielt den Koran in der Hand, küsste die Füße ihres Sohnes und bat ihn, aus dem Heiligen Buch zu lesen. Der Mann mit der langen Gebetskette schaute ihnen zu, dann riss er ihr den Koran aus der Hand und brüllte: »Diese Frau ist unrein! Bringt sie hier raus, los, werft sie hinaus!« Niemand befolgte seinen Befehl, denn es war ein heiliger Ort, und die Schwachen und Armen hatten das Recht, sich dort zu salben. Aber eine Frau, auf deren Kleid Blut zu sehen war, hatte hier nichts verloren. Es war Alis Blut, das auf ihr Kleid getropft war, aber der Scheich hatte es für Menstruationsblut gehalten. Ali verstand nicht, was passierte, aber er spürte den Ekel, den der Mann vor ihm und seiner Mutter hatte. Er rollte sich zusammen und schloss die Augen. Er war erschöpft, ein leichtes Fieber machte sich in seinem geschwächten Körper breit. Dann kehrte die laute Stimme des Scheichs zu ihm zurück, die Nahla befahl, das Mausoleum zu verlassen. Ali hörte den strömenden Regen und die wütende Stimme des Scheichs und rollte sich noch kleiner zusammen. Für die anderen Menschen im Mausoleum war er einfach nur ein zwölfjähriger Junge, den seine Mutter, die wie eine Obdachlose aussah, hierhergebracht hatte, um ihn von irgendeinem Leiden zu heilen. Bei ihrer Ankunft hatte sie zu den Leuten, die um das Mausoleum herumgestanden hatten, gesagt, ihr Sohn sei anders als andere Kinder, er sei ständig in Gedanken und halte sich für einen Baum. Deshalb werde er für verrückt erklärt. Aber sie wisse, dass ihr Sohn nicht verrückt sei, er brauche nur den Segen der Rechtschaffenen Heiligen. Die Leute halfen ihr, eine Frau, die Koranverse murmelte und mit Steinen aus dem Mausoleum sanft über ihren eignen aufgeblähten Bauch fuhr, weinte sogar mit ihr. Eine andere Frau nahm Nahla in die Arme und klopfte ihr auf die Schulter. Sie ließen sie machen, denn Gott nimmt die Kinder der Armen auf. In dem Moment, als die Besucher das Mausoleum verließen, fing der Mann an zu brüllen. Ali war kurz davor gewesen einzuschlafen, seine Mutter streckte die Hand aus, küsste die des Scheichs und reichte ihm den Koran. Dann drehte sie dem Grab den Rücken zu und schluchzte. Ali wachte auf, warf dem Scheich einen Blick zu, den seine Mutter nur allzu gut kannte, sprang auf und schleuderte den Scheich mit einem Schlag von sich. Der Scheich stürzte zu Boden, und es dauerte ein paar Sekunden, bis er sich von dem Schock erholt hatte. Und diese Sekunden genügten, dass Ali sich auf ihn stürzte und so lange auf ihn eintrat, bis die Männer ihn wegzogen. Sie schleppten ihn unter dem Erstaunen der Menge hinaus, während Ali auf seine Zehen starrte, ohne sich um die Menschen zu kümmern.

Mit diesen Zehen verband ihn eine Geschichte.

Das Mausoleum seines Dorfes musste er barfuß betreten, und so saß er stundenlang mit dem Rücken an die Wand gelehnt und mit ausgestreckten Beinen da, spielte mit seinen Zehen und genoss die Kühle. Er presste die Zehen in den Boden und nahm eine seltene Leichtigkeit und ein besonderes Glänzen wahr. Dieses Gefühl trug ihn nackt auf eine leichte Brise, gleichsam, als sei er eine Wolke. Diese Augenblicke, in denen er sich auflöste, wie die Wolken es taten, schenkten ihm die Frische und Süße des Lebens. Die Humairuna sagte zu ihm, dass die Mausoleen alle in den Stämmen der Bäume schliefen, deshalb komme es ihm vor, als fliege er, wenn er sie betrete. Denn sie seien gesegnet. Die heiligen Bäume beschützten sie, sie lebten wie vor Hunderten von Jahren. Doch Ali kümmerte sich meist nicht so sehr darum, was die Humairuna sagte, da war er wie die anderen. Obwohl er sie leidenschaftlich liebte, hörte er nicht auf ihr ewiges Geschwätz. Und abgesehen von der Geschichte über die Zehen, die sich, wie er glaubte, in Wurzeln oder Äste verwandelten, sobald er das Mausoleum betrat, meinte er, dass ihn genau diese Leichtigkeit und Frische überkam, wenn er auf die Bäume kletterte und in die felsigen Steilhänge sprang. Er hatte sogar gedacht, dass seine Zehen an den Ästen kleben und mit ihnen verschmelzen würden. Mehrmals hatte er probiert, auf einem Ast zu stehen, die Arme wie zwei Flügel auszubreiten und sich mit den Zehen zu stabilisieren, wie die Adler mit ihren Klauen. Es gelang ihm, vor den Augen der Dorfbewohner, die das Mausoleum aufsuchten, wie ein Vogel über die Äste zu hüpfen, ohne herunterzufallen, sich mit den Beinen an einen Ast zu hängen, sich wie eine Fledermaus nach hinten fallen zu lassen und zu schaukeln. Diese gleiche Leichtigkeit hatte ihn überkommen, als sie ihn von dem Scheich mit der Gebetskette fortgerissen hatten, während seine Mutter ihn entsetzt anstarrte und darauf wartete, dass sie in die kalte Nacht hinausgeworfen wurden. Er hatte seine Zehen auf diese ganz eigene Weise in den Boden des Mausoleums gestemmt, der ihm so vertraut war, und verspürte weder Groll noch Wut. Er atmete schwer, schaute zu seiner Mutter, streckte die Hände aus und strich ihr zärtlich übers Haar. Seine Miene war ganz ruhig. Plötzlich tauchte der für das Mausoleum verantwortliche Scheich auf, nahm den Jungen bei der Hand und klopfte ihm sanft auf den Kopf, und Ali und seine Mutter erhoben sich. Ali konnte nicht stehen, deshalb nahm ihn der Scheich auf den Arm und sagte zu Nahla, sie solle ihm folgen, sie und ihr Sohn könnten bei ihm übernachten. Er betrachtete die Zehen des Jungen, der so schwer atmete, als würde er ersticken, dann sah er ihm in die selbstbewusst und ruhig blickenden Augen und zitierte einige Koranverse für ihn. Er machte niemandem Vorwürfe, er war voller Barmherzigkeit hineingegangen und würdevoll wieder herausgekommen. Ali betrachtete bang sein Gesicht. Es schien dem seines Lieblingsheiligen in seinem Mausoleum des Windes zu ähneln: die schmale Gesichtsform, die Blässe, der Bart, die tiefe Ruhe in den Augen. Da vergaß Ali vor Aufregung die Schmerzen an Füßen und Zehen. Er legte den Kopf auf die Schulter des Scheichs und ignorierte seine Scham über seine Zehen.

Denn tatsächlich schämte er sich seiner Zehen und war immer darum bemüht, sie zu verbergen. Diese Zehen verzweigten sich unterschiedlich lang wie die Äste eines Baumes. Eine Zehe lang, eine andere kurz, und die Zehen des rechten Fußes waren nicht genauso lang wie die des linken. Und der große Zeh war der kürzeste! Als er jetzt zur Spitze seines Stiefels blickt, um zu prüfen, ob sich seine Zehen mit der Granate aufgelöst haben, sieht er seine nicht vorhandene Ferse und erinnert sich daran, wie der Scheich, während er ihn trug, auf seine Zehen gestarrt hatte. Er bewegt den rechten Fuß, richtet sich ein Stück auf, spreizt die Beine und streckt langsam eine Hand aus. Er hat das Gefühl, seine Rippen würden brechen. Er bewegt sich noch langsamer und versucht, den letzten Haufen Sand, Laub und Zweige von den Knien zu wischen. Da sieht er seinen unversehrten Stiefel. Seine Zehen stecken noch darin, auch wenn er infolge der Lehm- und Staubpartikel nicht mehr schwarz, sondern weiß geworden ist. Er zieht sich mit dem Ellbogen vorwärts und sieht pulsierende Adern und Blut, das eine Lache unter seiner Ferse bildet. Da glaubt er, vielleicht woanders verwundet worden zu sein, an einer Stelle, die er nicht spürt. Erst wenn er sie sehen kann, wird er wissen, wo sie sich befindet.

## 10

Träume, die man als brechendes Licht zwischen tanzenden Blättern beschreiben kann, sind für Ali schlicht das, was andere als »Zuhause« bezeichnen: ein Ort, an dem man beruhigt und zufrieden die Augen schließt. Die Menschen streiten ihr Leben lang, wie es heißen solle, bis sich ihre Jahre dem Ende zuneigen. Ali mochte nicht mit ihnen darüber diskutieren oder streiten, was sie wie meinten und verstanden und worüber sie sprachen. In den wenigen Augenblicken, die er mit ihnen verbrachte, hörte er ihnen, vertieft in sein Schweigen, einfach zu.

Alis Zuhause war sein Baumhaus. Immer wenn er es erwähnte, benutzte er dieses Wort: Zuhause. Sein Zuhause, das er aus seinen liebsten Elementen errichtet hatte, die seine Freunde sein Baumaterial nannten: den Ästen des Baumes. Den Boden bildete die Eiche selbst. Ihre Äste wuchsen nicht, wie die der Mausoleumseiche, in die Höhe, sondern streckten sich wie eine geöffnete Hand über den Boden. Wenn Ali einen Baum beschreiben wollte, nahm er die Hand zu Hilfe und bewegte seine Finger, um die Form des Baums darzustellen. Sein Baumhausbaum hatte, so erzählten es die Leute aus seinem Dorf, Männer erlebt, die gegen die Türken und die Franzosen gekämpft hatten. In seiner

Mitte, wo der Stamm sich zu verzweigen begann, hätten drei Revolutionäre geschlafen, die vor den französischen Soldaten geflohen seien. Und vor einem Jahrhundert habe man neben dem Stamm einen Säugling gefunden, und vor mehr als einem halben Jahrhundert hätten bedeutende Männer aus Damaskus, Hama und Aleppo unter dem Geäst über die Zukunft des Landes beraten … alles Geschichten und Gerüchte, denen er keine Beachtung schenkte. Wichtiger war, dass er, als er mit dem Bau seines Baumhauses begann, mit dem Eifer von hundert Männern arbeitete und auf das laute Klopfen in seinem Herzen lauschte. Tagelang sammelte er Zweige und Äste, und da seine Familie nach dem Vorfall im Mausoleum an ihm verzweifelte, konnte er tun und lassen, was er wollte. Auch wenn sein Vater irgendwann zu ihm sagte, er solle sich darauf vorbereiten, zusammen mit ihm in den Ebenen am Meer arbeiten zu gehen. Ali fand die Vorstellung nicht übel, zumindest war es etwas anderes als das, was die anderen Kinder taten. Er unternahm lange Wanderungen durch die Wälder und machte sich täglich eine Aufgabenliste. Als Erstes musste er eine Leiter aus Seilen bauen, damit er den Baumstamm nicht verletzte, und zweitens würde er aus den Ästen drei Wände errichten. Die vierte Seite würde er offen lassen, sie würde auf die Berggipfel und das Ende des Meeres blicken.

Die Dorfbewohner sahen ihn die Pfade und Abhänge hoch- und hinuntersteigen, in den Wäldern verschwinden und mit Ästen beladen zurückkehren. Über Nacht schien er zwanzig Jahre gealtert zu sein. Seine erste Aufgabe – das

Sammeln der Äste – dauerte einen ganzen Tag, und als er zurückkehrte, war sein Gesicht von Wunden und Kratzern übersät. Er befreite die Äste nicht von den kleinen Zweigen, um eine ordentliche gerade Wand zu bauen, sondern beließ sogar die Blätter daran. Dann fügte er sie ineinander, dünne Äste und dicke, mittlere und lange, und verwob sie miteinander wie eine Matte. Zwei Tage verbrachte er damit, und verband die Äste dann mit Hanfseilen, die ungenutzt bei ihnen zu Hause herumlagen und noch aus der Zeit des Tabakanbaus stammten. Damals hatte man die Tabakblätter mit spitzen Nadeln durchbohrt und im Haus aufgehängt. Mit Steinen hatte er die von Rost zerfressenen Nadeln wieder geschärft. Er führte die Fäden durch das ovale Loch und verband die Äste so, wie er seine Mutter die Plastikmatte mit ihren Packnadeln hatte flicken sehen.

Als die erste Wand fertig war, musste er sie stabilisieren. Dazu nahm er die Seile zu Hilfe, die er vom Mausoleum mitgebracht hatte, und befestigte die Wände an den Ästen des Baums. Er säuberte den Boden seines Baumhauses, sodass er glatt und weich wurde und nicht mehr aussah wie ein grober Stamm. Wenn es schneite, würde er nachts nur eine leichte Decke benötigen. Er könnte seine Bettdecke mitnehmen, aber die teilte er sich mit seinem kleinen Bruder. Das war ein Problem. Wenn seine Familie etwas Neues anschaffen wollte, musste das lange im Voraus geplant werden. Also entschied er, dieses Problem später anzugehen, und streckte sich zufrieden im Schoß des Baumes aus. Als er am nächsten Morgen erwachte, waren seine Hände voller

Kratzer und Schnitte. Nahla hatte die ganze Zeit über mitleidig beobachtet, wie er ohne Unterlass gearbeitet hatte. Sie hatte auch gesehen, dass über seiner Oberlippe ein leichter Flaum zu sprießen begonnen hatte. Aus dem Mausoleum holte sie einen Haufen gesegneten grünen Stoffes sowie alte Kleider, die dort für die Bedürftigen abgelegt wurden, zerschnitt die Stoffe und nähte sie mit ihrer Nadel zusammen. Ali sah aus den Augenwinkeln heraus zu. Mit Fäden, die sie aus den weißen Bettlaken machte, verband sie Stücke verschiedener Farben und Formen aus Leinen, Wolle, Baumwolle und Jeansresten, schnitt daraus verschiedene Formen, Vierecke, Dreiecke, Kreise, Blüten und Blätter, um alles wieder zusammenzunähen. Sie wartete darauf, dass er seine Arbeit beendet hatte und sich in die Wälder aufmachte, ging zum Baum, maß die Fläche aus und setzte all diese Stücke auf einzigartige Weise zusammen. Bei jedem Stich erhob sie sich und hockte sich wieder hin. Es sah recht komisch aus, und wer sie beobachtete, hätte meinen können, sie tanze. Um den Spott des Vaters scherte sie sich nicht. Am vierten Tag staunten alle, denn kaum hatte Ali sein Baumhaus verlassen, kletterte sie hinauf und schleppte sein Kissen und die dicke Decke nach oben, die zu einem Kleinod geworden war, wie alle sagten. Ihr Jüngster befand, sie habe ein richtiges Bild gemalt, und da er ihrer Meinung nach der Klügste von ihnen war, reichte das aus, um es selbst zu glauben. Der Bruder war nämlich gleichfalls ins Baumhaus geklettert und hatte die so mühevoll gefertigte Decke bestaunt, aber auch wenn er ihr ganzer Stolz war, wies sie ihn scharf zurecht, er solle sofort vom Baum kommen, bevor Ali zurück sei. Als er sich mit den Worten beschwerte, der Baum sei nicht Alis Privatbesitz, sagte sie, die Schule müsse ihm genügen, jeder habe seine eigene Welt. Ali sagte kein Wort, als er die Decke sah. Seit er Nahla dort hatte sitzen sehen, unentwegt arbeitend, die Nadel mit den weißen Fäden in die Stoffstücke stechend und komische Bewegungen mit den Händen vollführend, vor sich einen Haufen zerschlissener Kleidung, die sie gewaschen und zwischen den Ästen der Bäume aufgehängt hatte, hatte er gewusst, dass sie etwas für ihn machte. Am nächsten Abend forderte er sie auf, hochzukommen und von seinem Baumhaus aus den Himmel zu betrachten. Sie war die Einzige, der er das erlaubte. Als sie oben waren und sie neben ihm saß, weinte sie nicht wie sonst, sondern lächelte schwach und beobachtete wortlos den Sonnenuntergang. Danach hielt sie die Zeit für gekommen, mit dem Scheich über Ali zu sprechen und den Jungen darauf vorzubereiten, dass er in seine Religion eingeführt werden und in den nächsten Jahren dem Mausoleum dienen solle. Ali hatte sie nach ihrem Besuch bei dem weit entfernten Mausoleum darum gebeten, denn er wollte den Weg des Mannes auf dem Bild einschlagen, seines Lieblingsheiligen mit dem sorgenvollen Antlitz.

Wenn Ali in seinem Baumhaus lag, schloss er gerne seine vom Licht überschwemmten Augen. Er schien jedoch nicht beseelt zu sein, wie man es von einem Jungen hätte erwarten können, der die Beziehung mit den Elementen der Natur genoss. Von solchen Dingen verstand er nichts; für so etwas war seine Haut zu dick, und seine Seele glich eher den Felsen seines Berges. Aber er konnte ganz einfach die Augen schließen und diese verstreut hüpfenden Lichter irreführen, die zwischen den Zweigen und Bäumen hindurchsickerten. Dann bewegte er den Kopf und verfolgte sie wie ein Hund, der einen Knochen fängt, und musste ununterbrochen lachen. Wenn Nahla sein Gelächter hörte, weinte sie über ihren eigenartigen Sohn. Welcher vernünftige Mensch spielte mit Licht? Er hingegen konnte nicht verstehen, warum sie sich über seine Spiele mit dem Licht und dem Wind zwischen den Ästen ärgerte. Sie hatte ihm eine winzige Schriftrolle an einem Hanffaden um den Hals gehängt und ihn gezwungen, das Amulett über dem Herzen zu tragen. Es war in ein grünes, gesegnetes Stück Stoff vom Mausoleum eingewickelt und bestand aus einer kleinen Papierrolle, auf der mit blauer Tinte Worte geschrieben standen, die sie nicht verstand. Er aber weitete die Augen und stellte sich vor, wie die Bäume auf den Bergen einer Ziegenherde gleich umherliefen und die Gipfel erkletterten. Er sah ihre aus dem Boden gerissenen Wurzeln, die sie mit riesigen Felsblöcken hinter sich herzogen, Wurzeln, die sich in Zehen verwandelten wie seine, die herumliefen, während er inmitten seiner Baumherde oben auf seinem Baum hockte. Er erzählte niemandem von dem Geheimnis, dass er eine Armee von Bäumen anführte, die Richtung Himmel emporstiegen. Er sah sie, als würde er auf einer seiner Wolken sitzen, er sah sie laufen, mit ihren mächtigen Stämmen, die sich befreit hatten, während ihre Farben silbrig grün und türkisgrün leuchteten.

Diese riesigen Baumherden schauten nicht zurück, sie stiegen empor, immer höher ... Aber sie erreichten die Berggipfel nicht; sosehr sie sich auch bemühten, sie näherten sich dem Himmel nicht.

Jetzt, wo er näher an den Baum gerobbt ist, die Sonne auf ihrer Bahn Richtung Meer den gegenüberliegenden Berggipfel berührt und er den Stamm deutlich erkennt, jetzt erinnert er sich daran, wie er lächelnd auf seinem Baumhaus gesessen hatte; und er erinnert sich an jene Baumarmee. Und infolge seines schwächer werdenden Sehvermögens erinnert er sich auch daran, dass es einen Ort gibt, an dem er sich niederlegen kann, einen Ort, der seinem Baumhaus ähnlt. Dieser Baum hier erhebt sich in die Höhe, er ähnelt seiner Eiche nicht allzu sehr, er scheint auch jünger zu sein. Ali ist in der Lage, das Alter der Bäume, ihre Geschichte und ihre Art zu schätzen. Aber woher hat er dieses Wissen? Die Dorfbewohner sagen, dass die Humairuna ihm ihre Geheimnisse anvertraut habe. Bloßes Gerede ... Er hat immer alles mit der Hand berührt, was er im Wald und im Unterholz entdeckt hat. Er berührte es, schmiegte sich daran und wuchs damit auf. Er verfügt über ein Wissen über die Pflanzen und Bäume im Wald wie sonst nur noch die wilden Tiere.

Jetzt versucht er, vorwärtszukriechen. Dabei nimmt er die Ellbogen zu Hilfe und starrt auf den Boden unter sich. Er sehnt sich nach seinem Baumhaus. Er kann sich noch gut daran erinnern, wie Nahla in der Nacht, in der sie seinen älteren Bruder beerdigt hatten, hochgeklettert war, und wie er unten am Stamm Wache gehalten hatte. Sie hatte dagesessen, den Rücken nicht angelehnt, die Knie umarmt und an die Brust gepresst. Wie ein Igel hatte sie da gekauert. Er war kurz eingenickt, dann wieder erwacht und hatte sie beobachtet und ihren Rücken gesehen. Wie angewurzelt hatte er neben dem Baumstamm gestanden und nicht gewagt, sich zu bewegen, mit zwei trockenen Augen, bis er erneut eingenickt war. Am nächsten Morgen weckte sie ihn mit einer Berührung, dann ging sie ins Haus, und er kletterte hoch in sein Baumhaus, blieb dort und beobachtete den Himmel. Seine geliebte Bettdecke lag auf einem Haufen, genau wie er sie am Abend zuvor zurückgelassen hatte. Ihn fröstelte, und er dachte an Nahla, die die Nacht ohne Decke zugebracht hatte. Auch jetzt denkt er an sie. Die Zeit vergeht langsam. Er versucht, auf die Ellbogen gestützt voranzukriechen. Vor ihm tauchen die sich verzweigenden Äste der Baumkrone mit den eingebuchteten Blättern auf. Vielleicht sollte er versuchen, seinen Militärstiefel auszuziehen und seine Wunde zu verbinden, die nicht nur eine Wunde ist, aber genau weiß er es nicht und würde es auch nicht wissen. Vielleicht ist es sein Glück, dass er sich nicht aufsetzen und seinen Stiefel aufschnüren kann. Er begräbt sein Gesicht im Boden und seufzt tief, dabei schluckt er Erde und spuckt sie wieder aus. Ihm fallen die Hyänen des Waldes ein, deren Heulen er in seinem Baumhaus gehört hatte. Er hatte sie beobachtet und brennende Holzscheite nach ihnen geworfen, damit sie sich verzogen. Als er dachte, er würde sterben, sah er, wie Nahla zum Baumhaus hochkletterte und dort alleine mit der Kälte blieb, genau wie damals, als ihr erster Sohn begraben worden war. In dem Moment, als er sich das Bild von ihrem gekrümmten Rücken wieder vor Augen führt, kehrt seine Kraft zurück. Sie war so schmal, dass sie aussah wie ein Bogen. Sie trug eine schwarze Wolljacke, Gesicht und Kopf waren mit einem weißen Tuch umhüllt. Er weiß noch, wie rissig ihre Wangen waren und dass sie beim Reden stotterte, weil sie sich für ihre Zähne schämte, die ihr beim Sturz in den nahe gelegenen Abhang abgebrochen waren. Die Baumzweige hatten sie davor bewahrt, noch tiefer ins Tal zu fallen. An diese Zähne erinnert er sich jetzt. Und wie sie damit knirschte, wenn sie wütend war. Dann werden seine Augen zu Schlitzen, er sieht die verzweigten Äste seines Baumhauses so nah über dem Kopf kreisen wie nie zuvor. Sie waren schön, er war mit der Qualität seiner Arbeit zufrieden. Sogar ihr Nachbar hatte gesagt, das Baumhaus sei sehr professionell gefertigt, er sei ein wahrer Künstler. Insgeheim hat er damals gelacht und die Worte des Nachbarn ignoriert. Er sieht sich selbst als diesen Jungen, als denjenigen, der sich jetzt mit den Ästen dreht. Er sieht auch die Decke fliegen und im Wind tanzen, er ist stolz auf seine Mutter mit ihren Fingern aus Gold, wie die Nachbarinnen sagen. Dann streckt er die Hand aus, um die Decke festzuhalten, doch er greift ins Leere und dreht sich auf den Bauch, den Rücken nun zum Himmel gerichtet. Er stößt einen schwachen Schrei aus, es gibt noch eine weitere Stelle an seinem linken Ohr, die ihm Schmerzen verursacht. Nun weiß er, dass er noch woanders verletzt ist, aber das Bild von seinem Baumhaus und dem

Baum ist nun so nah und deutlich, dass es ihn bannt. Er kriecht weiter, und da, mit diesem neuerlichen Vorstoß, der ihn nach vorne wirft, taucht das Bild seines kompletten Baumhauses auf, wie er es seit Jahren kennt, geschmückt mit Pflanzen und Blechtöpfen, die Nahla mit Basilikum und Thymian gefüllt hatte. Er sieht die Hanfseile vor sich, die er, wie eine Matte zusammengeflochten, zwischen die Äste gehängt hatte und an denen seltsam geformte Felsbrocken baumeln, die er im Wald gesammelt hatte. Sie schaukeln und pendeln im Wind, stoßen aneinander und erzeugen so eine besondere Musik. Bevor er die Augen schließt, sieht er wieder Nahlas gekrümmten und zitternden Rücken und erinnert sich, dass das Auf und Ab ihrer Wirbelsäule durch ein unterdrücktes Schluchzen verursacht wurde. Mit jedem Schluchzer und jedem Zucken ihres Rückens, der die Wand des Baumhauses berührte, raschelten die trockenen Blätter, genau wie die Blätter hier, wenn er versucht, sich zu bewegen.

II

Nahlas gekrümmter Rücken ist das Letzte, an das er sich erinnern kann, bevor er erneut das Bewusstsein verliert. Der orangefarbene Himmel ist kurz davor, zu verschwinden, der Baum steht als schwarze Silhouette vor ihm. Es braucht nur noch einige Schübe von ihm, bis er den Stamm berühren kann. Er muss zu ihm hochkriechen, bevor sich die ihm so vertraute schwarze Nacht herabsenkt. Das Mondlicht wird ihn nicht im Stich lassen, es wird ihm helfen, die Umrisse der Dinge zu erkennen. Noch ist der Mond nicht aufgegangen, noch sieht er ihn nicht, aber er ist irgendwo. An diesem Tag im Monat wird Vollmond sein.

Er hebt den Kopf und hält nach dem Anderen Ausschau. Seinem Kameraden? Seinem Feind? Er ist ihm jetzt so nah, dass er dessen Konturen deutlich ausmachen kann. Es ist der Kopf eines Mannes; er kann die Angst dieses Mannes riechen. Der Mann hat Angst vor ihm.

Woher kommt jetzt diese Kraft? Wie konnte er jetzt einen solchen Seufzer tun und ins Leben zurückkehren?

Er sieht Nahla!

Sie ist hier, sie steht unter dem Baum, bückt sich und streckt dieselbe Hand nach der Bettdecke aus, die sie unter Aufbietung all ihrer Sehkraft genäht hat.

In der Nacht, als ihr Sohn begraben wurde, blieb Nahla dort sitzen und weinte tränenlos. Langsam atmend, die Augen mit einem Stück Stoff verbunden. Seit jenem Augenblick hat sie nicht mehr geweint, sie hat auch aufgehört, wütend zu werden. Er wusste Dinge über sie, deren sie sich selbst nicht bewusst war, denn sie hatte ihm viele Geheimnisse anvertraut, genau wie die Humairuna. Mit zwanzig hatte sie geheiratet, ein durchschnittlich hübsches Mädchen, das siebte Kind von zehn Geschwistern. Nachdem ihr Vater keinen Tabak mehr anbaute, ließ die Familie die Berge hinter sich, um auf den Feldern in den Ebenen zu arbeiten; die Geschwister verstreuten sich daraufhin in alle Winde. Die halbe Dorfbevölkerung war ausgewandert und hatte sich auf mehrere Städte verteilt. Viele von ihnen ließen sich im Umland von Damaskus nieder oder waren zum Arbeiten in den Libanon emigriert, und diejenigen, die geblieben waren, arbeiteten als Lohnarbeiter in den Dörfern in der Nähe des Meeres, wo man begonnen hatte, statt des heimischen Tabaks neue Tabaksorten anzupflanzen.

Auch Nahla war in die Ebenen hinabgestiegen, um auf den neuen Tabakfeldern der Virginia- und Burley-Sorten zu arbeiten. Im Morgengrauen zogen sie los und kehrten bei Sonnenuntergang zurück. Der schmächtigen Nahla war es nicht beschieden, die Liebe kennenzulernen, auch wenn sie an nichts anderes dachte, als ein fünfzehn Jahre älterer Mann zu ihr kam, ein Lohnarbeiter wie sie, und ihr einen Heiratsantrag machte. Damit habe ihre Not ein Ende, glaubte sie, doch nachdem sie ihn geheiratet hatte, lernte sie seine bittere Armut kennen. Sie gebar ihm sechs Kinder, von denen eines wenige Monate nach der Geburt starb. Aber da es Gott gewesen war, der ihr diese Kinder geschenkt hatte, wagte sie nicht, sich zu beschweren. Ihr Mann, der, wie sie sich ausdrückte, wie ein Stier schuftete, verunglimpfte sie mit den Worten, dass sie weiterhin bei fremden Leuten hätte arbeiten müssen, wenn er sie nicht geehelicht hätte. Dann machte sie sich über ihn lustig, indem sie sich mit zusammengekniffenen Lippen von ihm abwand. Die Veränderung in ihrem Leben bestand nur darin, dass ihr Bauch dick wurde und sie sich um die Fleischhaufen zu Hause kümmern musste. »Gott ist der Gebende!«, sagte sie immer, und diese Fleischhaufen, die sie als ihr eigen Fleisch und Blut aufzog, wie sie meinte, waren ihre insgeheime Freude. Ganz fest glaubte sie daran, dass es Unglück bringe, wenn sie ihrer Freude darüber Ausdruck verlieh, die Kleinen aufwachsen zu sehen. Alles ging seinen Gang, glaubte sie. Ihr ältester Sohn legte sein Abitur mit guten Noten ab, und da sie nicht über genügend Geld verfügten, um ihn zur Universität zu schicken, erfüllte es sie mit Stolz, dass er freiwillig in die Armee eintrat. Ihr Sohn würde in der Hauptstadt leben und anders als sie etwas von der Welt sehen. Ali, ihr mittlerer Sohn, würde, trotz seiner Sonderlichkeit, ein frommer Mann der Religion werden, dachte sie. Das machte sie so froh, dass sie ihn ganz besonders behütete. Der Jüngste aber, der Fleißige, war das Glück ihres Lebens. Er würde die Universität abschließen, und sein Bruder bei der Armee würde sich an den Kosten beteiligen. Eine der beiden

Töchter verheiratete sie, bevor sie siebzehn Jahre alt wurde, die andere ging noch zur Schule und würde den Weg ihres fleißigen Bruders einschlagen. Nahla wünschte sich, dass sie nicht das gleiche verhasste Leben wie sie selbst führen, sondern Ärztin werden würde, wie schon ein paar andere Mädchen aus dem Dorf. Nahla wollte sie zu ihrem Bruder in die Hauptstadt schicken, wo sie studieren sollte. So hatte sie es geplant, und so organisierte sie das Leben ihrer Kinder in Gedanken. Aus ihren Kindern würden – trotz ihrer Armut – rechtschaffene Menschen werden, da war sie sich sicher. Noch war sie stark und konnte mit ihrem Mann in die Ebenen hinuntersteigen und arbeiten. Eine wohlorganisierte Welt war das in ihrem Kopf, hart und trocken. Aber das genügte ihr, etwas anderes interessierte sie nicht.

Nahla arbeitete ohne Unterlass. Sie sei ein Arbeitstier, sagten die Leute, ihr Ruf ging ihr voraus. Von Sonnenaufgang bis zum Mittag war ihr Rücken krumm. Mit dem Spaten hackte sie die Erde auf, und wenn sie in den Ebenen auf den Tabakfeldern schuftete, konnte man sie sogar während der Mittagszeit schweigend weiterarbeiten sehen. Wenn die anderen Arbeiter Pause machten und die Mittagsmahlzeit einnahmen, kaute sie ein dünnes eingerolltes Fladenbrot mit Öl und Salz und durchbohrte gleichzeitig weiter Tabakblätter. Den feindlichen Blicken der Arbeiter, denen es peinlich war, sie bei ihrer Schufterei zu beobachten, schenkte sie keinerlei Beachtung. Sie musste ackern und rackern, um einen möglichen Überschuss zu erwirtschaften für die Zeit, wenn sie keine Arbeit mehr hätte.

Doch diesen Überschuss verdiente sie nie. Ihr Mann und sie brachten gerade einmal so viel Geld nach Hause, dass es ausreichte, die knurrenden Bäuche der Fleischhaufen zu stopfen. Ali erinnert sich daran, wie sie früh am Morgen vor der Schule die Brotfladen in Öl und Thymian tunkte und als Pausenbrot einrollte. Mit einem Strohbesen, den sie selbst hergestellt hatte, fegte sie um das Haus herum. Ein angenehm duftendes und sauberes Haus war ihr das Wichtigste. Seine alten Kleider, so erinnert sich Ali, rochen stets nach Lorbeer und wildem Thymian.

Als Ali und seine Geschwister noch klein waren, pflegte Nahlas Mann sie in Anwesenheit der Kinder zu schlagen. Später schlug er sie heimlich. Nur Ali hatte sich einmal auf seinen Vater gestürzt und ihn gebissen, während er auf die Mutter losging. Ali biss und boxte ihn, und obwohl er hernach an den Baumstamm gebunden und mit der Granatapfelgerte geschlagen wurde, wagte es der Vater danach nie mehr, der Mutter in seiner Gegenwart etwas anzutun.

Nach der Beerdigung ihres Sohnes und der Nacht im Baumhaus hörte Nahla auf, in den Ebenen zu arbeiten, sein Vater hörte auf zu schreien, und seine verwitwete Schwester hörte auf zu heulen und zu klagen. Ali erinnert sich, dass das Haus in Schweigen gehüllt war und dass Nahla etwas Unvorstellbares tat: Sie verwandelte den felsigen Abhang unter ihrem Haus in eine kleine Terrasse, was eigentlich Männerarbeit war, und bepflanzte sie. Sie schlug mit dem schweren Beil auf den Felsen, sodass der Stein splitterte, und legte auf diese Weise eine Terrassenstufe an. Dann zog sie durchs Dorf und sammelte leere Konservendosen, befüllte sie mit Erde und setzte verschiedene Pflanzen und Blumen hinein, Wildpflanzen, die sie mitsamt Wurzeln im Wald ausgerupft hatte. Diese seltsamen Gefäße stellte sie im Kreis um das Haus herum auf. Einen Monat später verwandelte sie das neue Grundstück in ein Feld mit allen möglichen Pflanzen. Er erinnert sich, dass sie Erde vom Nachbargrundstück herbeischleppte und damit die Terrasse auffüllte. Er beobachtete glücklich, wie sie die Erde transportierte und Beete mit Petersilie, Pfefferminz, Radieschen, Zwiebeln und Paprika anlegte. Sie säte Apfelkerne aus, die zu Setzlingen wurden, und pflanzte sie auf beiden Seiten des Weges zu ihrem Haus.

Das Grab ihres Sohnes besuchte Nahla nie. Stets weigerte sie sich, zusammen mit den Frauen aus dem Dorf die Gräber der Söhne aufzusuchen, auch wenn die Frauen sie immer wieder aufforderten, sie zu begleiten. Doch als Nahla die Myrtenzweige der Frauen zu Boden schleuderte und die Frauen fortjagte, hörten sie damit auf. Ali erinnert sich nicht, wie ihre Stimme nach dem Tod seines Bruders geklungen hat. Als der Vater allein von der Arbeit zurückgekehrt war und ihr berichtet hatte, dass Ali von einer Patrouille festgenommen und zur Armee gebracht worden war, schrie Nahla nur: »Möge Gott dir zürnen, du hättest sie alle umbringen sollen, bevor sie Ali mitnehmen!« Daraufhin verfiel sie wieder in Schweigen. Sie ließ nicht zu, dass der Vater sie schlug, und er würde es auch niemals mehr wagen. Vor anderen Leuten hatte er stets seine Macht und Autorität über sie zur Schau gestellt, nach dem Tod seines Erstgeborenen aber lag er ihr zu Füßen und flehte sie weinend an, mit ihm zu sprechen. Nahla aber stand schweigend und reglos da wie eine Statue und wandte den Blick von ihm ab.

Er erinnert sich gut an sie ... Die schmale unermüdliche Nahla. Dann winkt ihm das Weiß, ihre Lieblingsfarbe in den letzten Tagen, die er dort verbracht hat. Er war immer bei ihr und folgte ihr wie ein Schatten. Er half ihr, das Haus mit Kalk zu weißeln, die Mauern zu spachteln und außen wie innen neu zu streichen. Sie strich die Blumentöpfe und Blechdosen an, sie bemalte die kleinen Steine, die sie beidseits des Wegs ausgelegt hatte, um den Pfad zu ihrem Haus zu kennzeichnen. Dabei gestikulierte sie und kommunizierte mittels ihrer Hände mit ihm, und murmelte, ohne ihn direkt anzusprechen, dass dieses Weiß bald den Seelen der Rechtschaffenen Heiligen nahe sei, und dass es die Seele ihres Sohnes zu ihr führen werde. Wenn Ali versuchte, mit ihr zu sprechen, ignorierte sie ihn. Jetzt muss er daran denken, wie ihre weißen Finger und seine Finger harmonisch miteinander werkelten. Seine Geschwister beobachteten die beiden schweigend; das Schweigen wurde Teil ihres Lebens. Ali kann sich gut daran erinnern, wie seine Mutter die Wände im Haus abwusch, dann wieder mit Kalk weißelte ... Sie hatte das oft gemacht, und niemand wagte, sie daran zu hindern. Ali erinnert sich, dass sie viel Zeit unter seinem Baum verbracht und in den Himmel gestarrt hatte. Jetzt aber hatte sie eine neue Angewohnheit: Sie säuberte sein Baumhaus, sammelte noch mehr seltsame Steine und band sie mit Hanfseilen an die Baumhauszweige. Sie verschwand in den Bergen und kehrte mit verschiedenen Pflanzen zurück, die sie für ihre Kinder zubereitete. Bevor er an jenem Tag, an dem sie ihrem Mann Gottes Zorn gewünscht hatte, festgenommen wurde, hatte sie genügend Gemüse gepflanzt, sodass sie nichts mehr kaufen musste. Ali hatte ihr dabei geholfen, den Boden aufzugraben und Plastikstreifen zu schneiden, unter denen die Pflanzen vor der Kälte geschützt waren. In den Ebenen nannte man so etwas Gewächshaus. Nahla stellte Dutzende kleine Gewächshäuser her, und jedes Plastikhaus bildete eine der Stufen, die sie am Berg angelegt hatte. Sie füllte sie mit Erde und zog darin unterschiedliches Gemüse. Ihr Mann freute sich sehr darüber, denn der Krieg hatte den Hunger mit sich gebracht. Dann veränderte sie sich, Ali beobachtete, wie sich ihr Rücken immer weiter krümmte und bog. Sie kam ihm älter vor als die Humairuna, die angeblich so alt war wie die Bäume.

Jetzt sieht er sie ganz deutlich vor sich. Sie stemmt die Hände in die Hüften, die Schürze voller weißer Kalkflecken. Sie hat einen Setzling in der Hand, Ali kann nur ihre obere Körperhälfte erkennen. Er nimmt den Duft des wilden Thymians wahr, den sie beim Kochen verwendet. Stets hatte sie Kräuter miteinander gemischt und neue Gerichte erfunden, die sie gierig verschlangen. Eines Morgens baute sie neben dem Baum einen Ofen. Mit dem Erlös des Gemüses und der Pflanzen kaufte sie Teig und begann, selbst zu backen. Sie hatte sich von der Außenwelt unabhängig gemacht. Ali sah ihr nicht nur zu wie seine Geschwister, sondern ahmte alle ihre Bewegungen nach. Er hatte es nicht nötig, mit ihr zu sprechen, nach nur wenigen Tagen arbeiteten sie harmonisch und schweigend miteinander. Jetzt erscheint dort plötzlich ihre Silhouette und schaut ihn mit diesem verschwörerischen Blick an, der ihm sagt, was er als Nächstes tun muss. Dann schwebt ihr Oberkörper in die Höhe und pflanzt einen Setzling wilden Thymian in einen Felsen, der mit ihr davonfliegt. Sie macht ihm mit ihrer kalkweißen Hand ein Zeichen, näher zu kommen, und als sie die Blätter andrückt, zieht ihn der Thymianduft zu ihr. Nahla sagt nichts. Ach, würde sie doch sprechen! Würde sie doch etwas sagen! Er schließt die Augen und versucht, sie sich vorzustellen, wie sie vor dem Tod seines Bruders war, aber er kommt nicht vom Bild ihres seltsamen Gebarens an der Beerdigung los. Ihre Gesichtszüge waren hart, die Augen teilnahmslos, diese Augen, die er vor sich sieht, während er sich nach vorne schiebt. Obwohl sich die Dunkelheit fast schon herabgesenkt hat, sieht er diese Leere in ihren Augen, er sieht Nahlas weiße Finger die Wände im Haus streichen, diese Finger, die die Kanten des Sargs umklammert haben. Da weiß er, dass er sie nur in seinem Kopf sieht, nicht mit den Augen, und er versteht, dass sie ihm bedeutet, vorwärtszukriechen. Er schiebt sich weiter und ist nur noch einen Meter vom Baum entfernt. Er stöhnt und schließt die Augen, um sie deutlicher zu sehen, sie lächelt ihm zu, wie sie es vor dem Tod seines Bruders getan hat. Dann denkt er, dass er, selbst wenn er es nicht schafft, am Leben zu bleiben, zumindest sein Versprechen erfüllen muss, das er sich selbst gegeben hat: seinen Körper als Ganzes zu bewahren, damit Nahla ihn sehen und sich von ihm verabschieden kann. Damit sie sie nicht so behandeln wie auf der Beerdigung seines Bruders. Er kriecht vorwärts, betrachtet weiter ihr Trugbild, und noch ehe er erneut das Bewusstsein verliert, weiß er, dass diese Ohnmacht vielleicht ewig dauern wird. Und als er sich so selbstsicher vorwärtsschiebt, stößt er gegen den Baumstamm und hört einen Rums auf der anderen Seite. Auch der Andere ist mit dem Kopf gegen den Baumstamm geprallt. Dann kämpft er nicht mehr gegen die Ohnmacht an.

Als er die Augen schließt, weiß er, dass dieses Wesen ihn nicht töten wird.

## 12

Das schwarze Samenkorn beginnt wieder, vor ihm zu tanzen. Dieses blinde Ding. Der Hasspunkt, mit dem er Bekanntschaft gemacht hatte, als sie auf ihm herumgetrampelt waren.

Welche Stille wünscht er sich jetzt? Alle Erinnerungen und Gedanken, die ihn jetzt überkommen, unterzieht er mit seinem Wissen über sich selbst einer Prüfung.

Jenen Tag wird er niemals vergessen.

Vor dem Eisentor, das sich automatisch öffnete, sagte der alte Scheich zu ihm, dass hier alles von einem Raum voller Überwachungsmonitore aus verwaltet werde. Alles in dem Palast werde von dort aus gesteuert, sogar das Schließen der Fenster und das Gießen der Bäume und Pflanzen. Er werde etwas sehen, was er noch nie gesehen habe, versicherte er. Etwas, was man Technologie nenne. Ein kleiner Computer, der alles lenke und die alleinige Verfügungsgewalt habe, und über diesen wiederum wache ein speziell ausgebildeter Ingenieur. Ali zitterte, als er durch das Tor schlüpfte, doch nicht so stark wie jetzt, während er davon träumt, zu den Ästen emporzufliegen. Der alte Scheich war in Erklärungen und Erläuterungen vertieft, während Ali staunend um sich blickte. Oh Gott! Was für ein Palast! Nur etwa zehn

Minuten Fußweg vom Dorf entfernt, und doch hatte er ihn immer nur von außen gesehen. Er hatte ihn sogar vergessen, gar nicht darüber nachgedacht, dass er überhaupt existierte. Der Palast war etwas Ominöses, umhüllt von Angst, Ehrfurcht und Obskurität. Und von Macht. Was war geschehen, dass sie nun die Tore ihres Palastes für ihn und andere Dorfbewohner öffneten? Warum hörten sie nicht auf, immerzu Weihgaben darzubringen? Wo waren sie überhaupt? Und wer waren sie?

Ali lief neben dem alten Scheich her, auf dem Weg, die Bräuche des *Id Al-Ghadir* zu begehen, dieses »Teichfest« genannten Festes der Barmherzigkeit. Es war der Tag, an dem der Prophet Mohammed die Hand seines Cousins Ali genommen, in die Höhe gehoben und gesagt hatte: »Wessen Herr ich war, dessen Herr wird auch Ali sein.« So hatte sein Scheich es ihn gelehrt, und dieser Scheich hatte nun darauf bestanden, dass er, Ali, dem Fest beiwohne. Sie waren unzertrennlich geworden. Der Scheich hatte bemerkt, wie sich Alis Seele öffnete, und seinen Glauben gespürt. Er hatte beobachtet, wie Ali erwachsen wurde und einen anderen Weg einschlug als die jungen Leute jener Tage. Und Ali dachte gerne an den Scheich des Dorfes, der dem geliebten Scheich aus seiner Kindheit ähnelte, seinem Lieblingsheiligen auf dem Heiligenbild.

Die Welt, die er in dem Palast entdeckte, blendete ihn. Er hätte sich in seinen kühnsten Träumen nicht vorstellen können, dass so etwas existierte. Der Palast war unglaublich schön, geradezu unwirklich. Bäume umstanden das riesige

Gebäude, fremdartige Bäume, wie er sie noch nie zuvor gesehen hatte, manche winzig, andere gigantisch groß, einige japanisch, andere tropisch, und alle hatten unterschiedliche Formen und Größen. Er entdeckte auch drei hohe Palmen. Wann waren die Palmen hier gewachsen? Der Scheich erklärte ihm, der Zain habe sie so, in dieser Größe, hierher zum Palast seines Vaters transportiert. Ali fühlte einen Kloß im Hals, als er sich das vorstellte: drei ausgerissene Palmen, die wie Leichen dalagen. Ihm war beklommen zumute, als er ihre hohen Stämme betrachtete, die sich in der Glaswand eines breiten Gebäudes spiegelten. Die Wand schien äußerst robust, eine Mauer, die kein lebendes Wesen durchdringen konnte. Nur das Licht konnte dieses Material besiegen, sagte er zu sich selbst und biss sich auf die Lippen, um nicht zu pfeifen und seine Aufregung preiszugeben. Für sein zukünftiges Leben mit seinem Scheich übte er, seine Emotionen zu kontrollieren.

Die Dorfbewohner betrachteten Ali nun mit anderen Augen. Sie fanden ihn zwar immer noch ein wenig absonderlich, aber er strömte eine gewisse Großmut und Geisteskraft aus. Diese kluge Höflichkeit erschien ihnen in Zeiten des Krieges, in denen Streit, Geschrei und Hass aus den banalsten Gründen aufflammen konnten, wie eine Form von Narrheit, denn Ali wurde im Gegenteil immer ruhiger und geduldiger, wie der Scheich sagte. Er bewahrte sich im Gespräch mit dem Scheich einen besonderen Ton, auch wenn es eigentlich kein Gespräch war, sondern ein lernendes Zuhören. Die Männer empfanden Ali gegenüber mit der Zeit eine gewisse Wertschätzung, denn der Scheich hatte ihn ausgewählt, dem Mausoleum zu dienen. Der Diener des Mausoleums musste nicht zwangsläufig ein Mann des Wissens und der Religion sein. Es war Alis erster Schritt, das Herz des Scheichs zu erobern, auf dass er ihn die Grundlagen der Religion lehrte. Der alte Dorfscheich war einer der wenigen Geistlichen, die noch in diesen Bergen geblieben waren und die Lehren ihrer Religion verbreiteten, um die Beziehung zur Natur und zum Sein an sich zu stärken, genau wie ihre Vorfahren. Die Dorfbewohner respektierten ihn, er verheiratete sie, schied sie, löste ihre Probleme, und sie wandten sich an ihn in der Hoffnung, dass er ihre Schmerzen lindere. Er war nicht geizig, aber fast arm, und er ertrug geduldig den Spott der neuen Scheichs, die vor einigen Jahrzehnten plötzlich hier aufgetaucht waren. Seinen Ruf und den Respekt, den man ihm zollte, hatte er über einen langen Zeitraum hin erworben, denn er fühlte sich für jeden von ihnen verantwortlich. Und obwohl er und viele andere Scheichs seiner Art ihre spirituelle und gesellschaftliche Macht verloren hatten, weil diese auf die neuen Scheichs vom Typ des Zain übergegangen waren, hatte man die Wertschätzung ihrer religiösen Herkunft und ihrer Familien nicht gänzlich vergessen. Der Scheich erzählte Ali, dass die Seelen der Gläubigen in ihren aufeinanderfolgenden Leben in die Höhe stiegen, bis sie ihr großes Licht erreichten. Und dass Ali bald sein Wissen der Religion vervollständigt habe, und dann werde die Zeit kommen, in der er ein rechtschaffenes Leben führen und dem Guten dienen werde. »Gott ist in deinem Herzen, Ali. Gott ist überall«, wiederholte der Scheich immer wieder. Ohne Probleme hatte er sich Alis Welten erschlossen, und deshalb hatte Ali nichts dagegen einzuwenden, ihn am Tag des Teichfestes inmitten der anderen Dörfler zum Palast zu begleiten, zum Palast des Zain, der seine Opfergabe vorbereitete. Dessen Getreue hatten zwei Hammel und zwei Kälber hergebracht, und der Zain holte seinen eigenen Scheich, den Ali als den neuen Scheich bezeichnete. Alis alter Scheich hatte zu ihm gesagt, dass »wir am Ende die Armen speisen werden«. Er hatte seine ganz eigene Logik, die Ali nicht immer verstand. Der Scheich sagte: »Sollen doch alle das suchen, was sie wollen! Und er will die Macht. Sind wir sein Gott, dass wir ihn zur Rechenschaft ziehen? Seine Abrechnung wird kommen. Und wir? Was wollen wir in diesen schweren Zeiten? Wir wollen die Armen speisen.« Ali hatte zu den Worten seines Scheichs geschwiegen. Aber als er nun den Palast des Zain betrat, bildete sich dieses schwarze Samenkorn und wuchs und wuchs, bis es die Größe einer Kichererbse annahm und sich in seinem Herzen festsetzte. Er sah die Spiegelung des blauen Himmels und der Wolken in dem großen Schwimmbad, er sah die Bäume, die fremdartigen Pflanzen und die bunten Blumen. Und er sah viele Männer, die hin und her liefen, Waffen in den Händen, und er dachte, dass das hier an die Märchen über Schlösser und Sultane erinnerte, die die Humairuna ihm erzählt hatte. In der Mitte überwölbte eine Kuppel den Palast. Ihre Schönheit war kaum auszuhalten, die Sonne verwandelte sie in einen blendend glühenden

Ball aus verschiedenen Farben, mit Verzierungen und Zeichnungen, bei denen das Blau hervorstach. Schließlich sah Ali das Gesicht des Zain, der mit seinem eigenen Scheich im Schlepptau auftauchte. Die beiden grüßten den alten Scheich. Der Zain wusste, dass die meisten Dorfbewohner ihn nicht mochten, denn sie waren sich ganz tief im Inneren bewusst, dass ihre Söhne an seiner statt starben, trauten sich aber nicht, auch nur ein einziges Wort darüber zu verlieren. Sie wussten, welche Strafe jene erwartete, die sich ihm und seiner Macht entgegenstellten, hier oder in der Hauptstadt. Die Angst war Teil ihres Lebens, eine komplizierte und komplexe Angst, die er nicht verstand. Aber an jenem Tag sollte er sie kennenlernen. Er muss wieder an die Humairuna denken. Einige Leute behaupteten, die Männer des Zain hatten sie verschwinden lassen, weil sie ihm ins Gesicht gespuckt hatte. Die Humairuna, die er im Stich gelassen hatte. Nach drei Wochen hatte er aufgehört, nach ihr zu suchen. Er hatte sich eingebildet, sie auf dem höchsten Berggipfel stehen und ihn rufen gesehen zu haben. Einmal hatte ihre Nachbarin gesagt, sie habe die Humairuna das Tal hinuntersteigen und im Wald verschwinden sehen. Dann wiederum glaubte er, beobachtet zu haben, wie sie den Baum beim Mausoleum hochgeklettert war, doch als er nach ihr suchte, fand er sie nicht. Ja, er erinnert sich, dass er sie im Stich gelassen hat. Nicht nur er, auch die Dorfbewohner, die damit beschäftigt waren, ihre toten Söhne zu begraben und die überlebenden zu ernähren. Er wollte weg, aus dem Palastgarten fliehen, aus dieser geordneten und aufgeräumten Welt, in der die Blumen und Blüten grüne Dreiecke und Rechtecke bildeten, die Bäume so hässlich gestutzt, dass sie aussahen wie Mauern. Er konnte die Bäume nicht einmal riechen, sah auch keine Äste, die waren zu eingesperrten Fingern geworden, wie er zu sich selbst sagte. In einer Ecke des Grundstücks neben dem Schwimmbecken, von der Außenwelt abgeschirmt durch eine vier Meter hohe Hecke, stand ein großer Tisch mit verschiedenen Obstsorten darauf, die er in seinem ganzen Leben noch nie gesehen hatte. Ein steinerner Sonnenschirm mit roten Ziegeln als Dach beschattete sie. Sein Herz zog sich zusammen, er nahm den Scheich an der Hand und bat ihn anzuhalten. Der Scheich gehörte zu jenen Menschen, die sehen konnten, was andere nicht sahen. Er spürte die Finsternis in Alis Herzen und seinen unregelmäßigen Atem. Dann flüsterte er Ali zu, dass er zwischen zwei schlechten Alternativen wählen müsse und dass er die weniger schlechte wählen werde. Die Männer hatten sich versammelt, der Scheich ging auf sie zu und forderte Ali auf, gleichfalls vorzutreten. Innerhalb der Mauern stand noch ein kleines Haus neben dem Palast, aus drei Zimmern bestehend, in dem die Dienerschaft schlief. Ali dachte an seine Tante, die hier ihr Leben gefristet hatte. Plötzlich tauchten Frauen auf und begannen unter den Blicken und dem Gemurmel der Männer zu kochen. Ali kannte die Frauen, sie waren aus seinem Dorf und ähnelten seiner Mutter mit ihrem gebeugten Rücken und den trockenen Händen, nicht aber in ihrer Starrköpfigkeit. Er wusste damals schon, dass es Frauen, wenn sie ihre Periode hatten, nicht erlaubt war, an den religiösen Festen teilzunehmen. Das wusste er seit dem Vorfall bei dem weit entfernten Mausoleum. Er wusste, dass die Frau dann als unrein galt, und dass es ihr nicht erlaubt war, die Weihgaben zu berühren.

Ali schlüpfte in dem Moment durch die Menge, als sein Scheich abgelenkt war und zusammen mit dem neuen Scheich die Weihgaben in Augenschein nahm. Obwohl der neue Scheich die Feierlichkeiten anführte, trat sein alter Scheich mutig vor, um die gerechte Verteilung der Fleischanteile zu überwachen. Kurz dachte Ali an die Erklärung des Scheichs, warum man dieses Fest das *Fest der Barmherzigkeit* nannte. Ali hatte den Scheich, wenn er ihn zu religiösen Festen begleitet hatte, nie Fleisch essen oder sich seinen Anteil an dem gottgeweihten Fleisch nehmen sehen. Und stets hatte er die Fleischverteilung an die Armen vor den Blicken der Leute verborgen. Er hatte immer zu Ali gesagt: »Wir müssen uns einen Rest Menschenwürde bewahren, und sei es noch so wenig.« Ali verstand, warum der Scheich sich nachts fortschlich, den Blicken der Dorfbewohner entzogen, und den Armen einen Sack Fleisch hinterließ.

Und trotzdem war Ali beunruhigt.

Der Zain stand vor ihm, schaute ihn aber nicht einmal an. Seine Augen waren auf einen Ort gerichtet, der weit von den Leuten entfernt lag, die ihn umringten. Er war lässig gekleidet, weiße Turnschuhe, die in der Sonne leuchteten, eine weiße Baumwolljacke, und er bewegte sich selbstzufrieden zwischen seinen Männern hin und her, die sich mit ihren in der Sonne glänzenden Waffen um ihn scharten. Das Glänzen der Waffen verwandelte sich in harte Strahlen, die sich auf den zu Mauern gestutzten Bäumen widerspiegelten. Ali betrachtete diese Reflexionen und schloss die Augen. Er wollte dem Scheich sagen, dass es keinen Grund dafür gebe, an diesem gesegneten Tag Waffen zu tragen, traute sich aber nicht. Und er verstand allmählich, warum die Dorfbewohner taten, was sie taten. Er begann, den Geschmack der Angst zu kosten, und er hasste diesen Moment. Als alle sich nach drinnen begaben, um zu beten, war ihm der Zutritt verboten. Er folgte den Männern, blieb aber vor dem Fenster stehen und beobachtete sie. Die Frauen betraten gemeinsam mit zwei Männern das Haus der Dienerschaft. Nun waren alle verschwunden, und eine erhabene Stille machte sich breit. Es verging einige Zeit, wie lange, wusste er nicht. Er war wie verloren.

Vielleicht kann er jetzt, wo er verletzt hier liegt und den Klang der Stille hört, über den Zain nachdenken, über die Angst, die er in den Augen der anderen sah angesichts seiner polternden Präsenz. Sie bekamen ihn nur selten zu Gesicht, aber seine Autorität war bleibend. Sie mussten ihn fürchten und Angst vor ihm haben, genau wie sie jahrzehntelang Angst vor dessen Vater gehabt hatten. Der Zain, der in der Lage war, die umherstolzierenden Scheichs und waffenstrotzenden Männer mit ihren riesigen Mobiltelefonen und Maschinengewehren in Bewegung zu versetzen. Es waren mehr als zwanzig Männer, einige stammten aus dem Dorf, andere aus den Nachbardörfern. Warum brauchte ein Mann wie er so viele Begleiter? Was machten sie für ihn? Wie lebten sie? Und woher hatten sie dieses ganze Geld? Die Fragen lasteten auf Ali, aber er wollte sich selbst nicht zur Witzfigur machen. Er hatte sogar Angst, sich den Männern zu nähern, er hatte das Gefühl, sie würden ihn verschlingen. Sie könnten das, mit ihren Blicken so unbelebt wie Stein, in denen er die Verachtung seiner selbst und seinesgleichen sah. Im Gegensatz zum Zain, der weich und liebenswürdig sprach und alle mit einem Lächeln begrüßte. Er sah den Menschen allerdings nicht in die Augen. Er sah sie nicht, obwohl er bei ihnen war und seine Pflichten auf der Beerdigung ihrer Söhne erfüllte. An jenem Tag, an dem Ali den riesigen Palast verlassen hatte, ohne sich von seinem Scheich zu verabschieden, beschloss er, nie mehr zurückzukehren und nie wieder mit dem Zain zusammenzutreffen. Er würde ihm aus dem Weg gehen. Er wollte ihn niemals wiedersehen.

Es war ein feierlicher Tag gewesen, der den täglichen Gang der Dinge in seinem weit abgelegenen Bergdorf unterbrach. Ein Tag wie aus einer anderen Welt, als tobte der Krieg nicht in den Städten und Dörfern, nicht im Norden und Süden des Landes. Als würden sie hier einen anderen Krieg führen, der sie von innen heraus tötete und in dem Tausende ihrer Söhne starben. Ali kannte die Wahrheit über diesen Krieg nicht. Die Fragen nagten an ihm, die mangelnde Gewissheit über all das, was er hörte, raubte ihm den Schlaf.

Auch die Anmut des Zain flößte ihm Angst ein, er wirkte vollkommen unnahbar. Er hatte alles, was man brauchte, um fern von hier zu sein, fern von diesem Ort, an den einige

Männer, die ihn lebendig verlassen hatten, in Särgen zurückkehrten. Der Zain sorgte dafür, dass sie beerdigt wurden, und er verteilte Fleisch an die Familien der toten Söhne, damit ihre hungrigen Bäuche zum Schweigen gebracht würden. Dann kam Ali der Gedanke, dass er das Fleisch seines Bruders aß, und bei dieser Vorstellung begann er zu zittern und bat Gott um Vergebung. An jenem Tag hatte der Scheich ihn inmitten des Trubels vergessen und zusammen mit den Männern den Palast betreten, während Ali der Zutritt verwehrt wurde. Er konnte sich jedoch den Blicken der Wächter entziehen und stellte sich an ein breites Fenster. Es war zwar von innen mit dicken Vorhängen verdeckt, es gelang Ali jedoch, durch einen schrägen Spalt in der Mitte hineinzulinsen. Er sah, wie die Männer sich an den Händen hielten. Ein junger Mann trug ein Weihrauchfass, denn man nannte dies die Weihrauch-Messe, wie der Scheich ihm später erzählen würde. In einigen wenigen Jahren würde er selbst den Weihrauchritus durchführen, hatte der Scheich noch hinzugesetzt. Ali starrte auf die Männer, die sich weiterhin murmelnd an den Händen hielten. Er konnte durch den schmalen Vorhangspalt jedoch nicht alles deutlich erkennen. Er versuchte, ihre Lippen zu lesen, obwohl der Scheich ihm erzählt hatte, dass derjenige, der ein geheimes Gebet mithöre, mit Taubheit geschlagen werde. Trotzdem starrte er die Männer an. An diesem gesegneten Tag wurde eines ihrer zwölf religiösen Feste gefeiert, das Fest, das Alis Herz am nächsten war. Ali träumte von dem Tag, an dem es ihm erlaubt sein würde, mit den Männern hineinzugehen.

Er entspannte sich und hob die Hände, als würde er die Hände der Männer greifen, schloss die Augen und stellte sich vor, wie er vom Boden aufstieg und mit ihnen davonflog, die Köpfe eng beieinander, die Körper kreisförmig in der Leere schwebend. Dieser fliegende Kreis wurde von einer donnernden Stimme aufgebrochen: »Was machst du hier, du Schafskopf?« Der Schreihals eilte auf ihn zu, zog ihn vom Fenster fort, stieß ihn zu Boden und setzte ihm den Schuh auf den Hals. Ali sah die Schuhspitze und spürte eine Gewehrmündung an seinem Kopf. Er zitterte. »Steh auf und verschwinde von hier!«, brüllte der Mann mit dem Gewehr und dem schweren Schuh, der rote Spuren auf Alis Hals hinterließ. Ali erinnert sich, dass er an jenem Tag eine blaue Baumwolljacke getragen hatte und dass die Gewehrmündung ihm fast den Schädel durchbohrt hätte, dass er zu Boden gestürzt war und in den Himmel geschaut hatte. Es war nicht so dunkel gewesen wie jetzt, wo er hier liegt und sich diesen Sturz in Erinnerung ruft. Ein Mann hatte am großen Tisch beim Schwimmbecken gesessen. Seine Pistole neben sich, den Laptop aufgeklappt, beobachtete er etwas. Plötzlich lief er auf Ali zu und versetzte ihm eine Ohrfeige. Damals hatte Ali sich wieder das Gesicht der Humairuna in Erinnerung gerufen, als sie zu Boden gestürzt war, nachdem die Männer des Zain sie bei der Beerdigung seines Bruders weggestoßen hatten. Eine grenzenlose Panik ergriff ihn. Er kannte die Angst, die das Blut in den Adern stocken lässt. Er stand auf und rannte aus dem Palastgarten. Hinter sich hörte er das Gelächter und den Spott der Männer. Als er an die Gewehrmündung dachte, vergaß er sogar seinen Scheich. Er sah die Leere und die Samen des Hasses und der Abneigung in seinem Herzen, blinde Punkte, die ihm etwas einflüsterten. Keuchend rannte und rannte er, und als die Dorfbewohner ihn so rennen sahen, kam es ihnen vor, als würde er fliegen. Er lief die Terrassenstufen hinab, dann hinauf, bis er zum felsigen Steilhang kam. Dort hielt er an. Er näherte sich dem Rand, breitete die Arme aus, die Füße direkt an der Abbruchkante, und schaute nicht nach vorn. Er vergaß das Fest des Teichs und die Barmherzigkeit, der die Menschen verpflichtet waren; Berge und Himmel und alles um ihn herum verschwanden. Er schloss die Augen und dachte an zwei kleine Flügel, die ihm aus dem Rücken wachsen könnten, zwei Flügel, mit denen er fliegen würde, sodass er sich nicht mehr an den Ästen der Bäume festzuhalten brauchte. Seine Tante kam ihm in den Sinn, ihr waren zwei Flügel gewachsen, und sie war geflogen.

Er wollte springen! Er wollte fliegen!

Jetzt erinnert er sich an diesen Augenblick, als er von Weitem einen Schrei hörte. Es war Nahla, die schnaufend hinter ihm hergelaufen war. Sie schrie vor Angst. Er schaute sie betrübt an und tat einen Schritt zurück. Er dachte weder an den Palast noch an den Scheich, der immer noch beim Zain war. Sein Wunsch, über den Abgrund zu fliegen, war verschwunden, kaum hatte er seine Mutter hinter sich gesehen. Er wusste, dass der Fluch der Mütter nicht nur Liebe bedeutete, sondern sich auch wie ein Seil um den Hals schlingen konnte.

# 13

Endlich geht der Mond auf.

Er sieht ihn, als er den Kopf gegen den Baumstamm lehnt und dem Summen der Insekten um sich herum lauscht. Kraftvoll hebt er die Hände. Er ist erst vor einer Minute aufgewacht und hat gesehen, wie der Mond den Baum beleuchtet. Wie seltsam! Er scheint in der Dunkelheit deutlicher zu sehen. Das andere Wesen hinter dem Baum kommt ihm in den Sinn, doch er vernimmt keinen Laut von ihm. Ali hält den Atem an, um die Distanz zwischen sich und dem Anderen zu ergründen, aber er hört nichts als das Summen und Rascheln des Getiers. Er kennt das Königreich der verborgenen Kreaturen, die um ihn herumwuseln. Er fantasiert, sie seien gewachsen und würden vom Mond beleuchtet, die Arme seien ihnen lang geworden ... sechs oder sieben überlange Arme, die auf ihn zukriechen. Da sind zwei rote Augen eines Insekts, vielleicht einer Heuschrecke, die durch das Mondlicht zu zwei glühenden Löchern geworden sind. Dann taucht eine schwarze Fliege mit blauen Flügeln auf. Sie wächst und wächst, er sieht die Adern, die sich durch ihre transparenten Flügel ziehen. Aber vielleicht irrt er sich auch, und das, was er sieht, ist die Sonne, nicht der Mond. Er schließt die Augen und kratzt mit dem Finger am Baumstamm, und als er das Kratzen vernimmt, erspürt er das Leben, denn hier sind Wesen, die ihn wahrnehmen. Die verborgenen Tiere im Wald beginnen nach jedem Kratzgeräusch zu krabbeln, er fühlt sie über seinen Rücken kriechen. Das heißt, dass das, was er sieht, keine Halluzination ist. Aber irgendetwas ist ungewöhnlich an dem Krabbeln des Geviechs. Er spürt sie unter seiner schweren Kleidung. Wo in seinem Körper kriechen sie? Er kann ihre enormen Leiber um sich herumfliegen sehen, wie Bestien, die ihn verschlingen werden. Dabei weiß er, dass es nur krabbelnde Insekten sind. Aber die Vision ist stärker als er. Er darf keine Angst haben. Er hat in seinem Baumhaus mit ihnen gespielt, und bei seinen heimlichen Ausflügen in den Wald hat er sie gefangen, ihnen die Flügel ausgerissen und sie untersucht. Jetzt aber ist er sogar zu schwach, sie sich vorzustellen und sich daran zu erinnern, wie sie heißen. Sie sind jetzt größer als er. Im Mondlicht umkreisen sie ihn, und er sieht ihre Feueraugen, die ihn anstarren. Ali streckt die Hände aus und umarmt den dicken Baumstamm. Dabei schuppt sich die alte Haut ab. Er führt die Hände an seine Augen und entdeckt kleine schwarze Schatten von Insekten, die an einer tiefen Wunde kleben. Kurz zuvor hat er diese Wunde noch nicht gesehen. Dann sieht er von seinem Körper abgetrennte Gliedmaßen um den Baum kreisen. Er sieht seine abgerissene Ferse, er sieht seine Füße, die sich von ihm entfernen, die weggehen, seine Hände erklimmen den Baumstamm, und dann sieht er erstaunlicherweise, dass sein Oberkörper elegante saubere

Kleidung trägt. Er sieht seinen Vater neben sich stehen, sie sind auf dem Platz und warten auf die Ankunft seines Bruders aus der Stadt. Es war ein außergewöhnlicher Tag gewesen, denn ein Familienmitglied würde die Universität besuchen. Er trug dieselbe Hose, die er jetzt sieht, sie bewegt sich zusammen mit seinen Beinen und jagt den Ärmeln seines Hemdes hinterher, die vor ihm herbaumeln. Aus den Ärmeln schauen seine Finger heraus, aber er sieht weder seine Brust noch seinen Kopf. Er blickt nach rechts, dann nach links, in der Hoffnung, den Rest seines Körpers zu finden, aber er entdeckt nichts, nicht einmal einen Schatten. Er hebt den Blick zum Mond, er ist noch immer voll, und das bedeutet, dass er nicht halluziniert, dass seine Körperteile sich von ihm abgetrennt haben und er sie beobachtet. Aber er ist nicht er selbst. Kann er glauben, dass er nicht er ist?

An diese Kleider, die jetzt mit seinen Gliedmaßen um ihn herumschwirren, kann er sich erinnern. Er hat niemals etwas Neues zum Anziehen bekommen. Eines von Nahlas Talenten war es, Kleidung wiederzuverwerten, genau wie sie es mit Essen tat, mit der Erde, mit Felsen, einfach mit allem, sogar der Trauer. An jenem Tag war seinem Vater, ganz gegen seine Gewohnheit, der Stolz anzusehen, denn er wartete zusammen mit seinem mittleren Sohn auf den Bus, der seinen Jüngsten bringen würde. Den ältesten Sohn hatte er vor einem Jahr beerdigt. Es war ein harter Winter gewesen in jenem Jahr. Drei Jahre waren seit Beginn des Krieges vergangen, und wenn sein Vater eine Arbeit als Lohnarbeiter in den Ebenen fand, begleitete Ali ihn.

Er hasste diese Rolle des älteren Bruders und des Mannes der Familie. Ali erinnert sich, dass er neben seinem Vater stand, der die ganze Zeit aufgeregt und ungewohnt glücklich davon redete, dass sein Sohn der Stolz der Familie sei, dass er nicht in den Kampf ziehen müsse, sondern Arzt werden würde. Er sprach mit Ali wie mit einem Fremden, dem er von seinem Sohn vorschwärmte. Ali beachtete ihn nicht, und bis zu diesem Augenblick jetzt, wo er sich gegen den Baum lehnt, ist ihm sein Vater nicht in den Sinn gekommen. Erst als die Glieder seines Körpers zu tanzen beginnen, die diese Kleidung tragen. Als er vor etwa einem Jahr mit seinem Vater auf dem Dorfplatz stand, hatte die Menge getost, Schreie waren zu hören gewesen. Er sah seinen alten Nachbarn, der in die Kamera seines Mobiltelefons sprach. Ali wollte näher rangehen, um zu hören, was er sagte, doch da brüllte jemand, der Alte solle mit diesem Wahnsinn, diesem Unsinn aufhören, das Land sei im Krieg. Alis Vater griff nach seiner Hand, um ihn am Weitergehen zu hindern. Er erinnert sich, dass er kein Kind mehr war und dass der Vater ihn nicht mehr schlagen konnte, denn die Menschen auf dem Platz beobachteten einander. Der Vater war jetzt stolz auf seine Söhne, und er würde keinen Zweifel darüber zulassen, dass sein zweitältester Sohn ein wahrer Mann geworden war. Deshalb ließ er ihn doch weitergehen und folgte Ali durch die Menschenmenge, und die beiden konnten Gesprächsfetzen aufschnappen. Anfangs glaubten sie, es handele sich um die Beerdigung eines Gefallenen. Der Himmel war wolkenverhangen, aber das milde Wetter hatte die trübe Laune der Leute aufgehellt. Ali aber kam die Welt eng vor. Der Platz wimmelte vor Soldaten, waffenstrotzenden Männern, Kindern, Frauen und Scheichs. Ali hörte einen Mann eine staatliche Verordnung verlesen, es war ein Beschluss, der die Grundbesitzer in ihrem Dorf betraf.

Seine Familie besaß keine Handbreit Land. Als der Tabakanbau zurückging, hatten sie kein Eigentum verloren, sondern ihre Anstellung als Lohnarbeiter bei den Eigentümern der Tabakterrassen. Die Verordnung, die sie jetzt zufällig mitbekamen, betraf sie nicht. Aber Ali blickte angstvoll zu ihrem alten Nachbarn hinüber, der gestoßen und beleidigt wurde. Vielleicht würde er sogar geschlagen. Ali wollte zu seinem Baumhaus zurück und diesen ganzen Tumult hinter sich lassen, als ihr alter Nachbar zu weinen begann und zu einer Rede ansetzte. Der Alte wirkte wie ein verängstigtes Kind, während er in die Kamera seines Mobiltelefons sagte, dass er drei seiner Söhne verloren und sie der Heimat, dem Staat und dem Präsidenten geopfert habe. Ali wusste, dass ihr Nachbar, dessen Söhne im Kampf gefallen waren, nichts als ein felsiges Stück Land besaß, auf dem er Tabakterrassen angelegt hatte. Doch als seine Söhne nicht mehr da waren und der Tabakanbau zurückging, hatte er aufgehört, den Boden zu bearbeiten. Ali wandte sich ab, denn er wollte sich jenen Tag nicht wieder ins Gedächtnis rufen, an dem sie seinen Bruder beerdigt hatten. Ein Mann brüllte, der Staat reiße sich den Boden der Bauern unter den Nagel, unter dem Vorwand, er werde vernachlässigt. Ein ungerechtes und feindseliges Vorgehen sei das! Ein anderer schrie, sie hätten es nicht mit einem Staat zu tun, sondern mit Banditen.

Ali wollte sich aus der Menge zurückziehen, doch sein Vater hielt ihn am Ärmel fest, weil sie auf seinen Bruder warten mussten. Ali fühlte sich unwohl in seinen neuen Kleidern, er hatte das Gefühl, sie würden ihm Unglück bringen.

Hätte der Typ den Alten nicht so angeschrien, wäre Ali fortgelaufen und hätte sich nicht weiter um die Vorgänge geschert. Der Dorfplatz war nicht allzu weit vom Mausoleum entfernt. Plötzlich tauchten Autos und fremde Männer auf. Die Humairuna, die gewöhnlich auf sie losging und sie verspottete, war nicht da. Ali blieb stehen und lauschte dem Streit der Bauern mit einem Regierungsvertreter, dem, wie sich herausstellte, die Autos gehörten. Er sagte, die Bauern seien nicht in der Lage, das Land urbar zu machen, und dass der Staat es deshalb beschlagnahmen werde. »Wir haben dem Staat unsere Söhne und unser Leben gegeben, und der Staat stiehlt unser Land!«, entgegnete einer, und ein anderer brüllte ihm »Ihr Diebe!« entgegen. Ali konnte das Gesicht des kleinen, von Männern umringten Regierungsvertreters nicht erkennen. Auch einige Frauen hatten sich der Menge angeschlossen. Ali erinnert sich, dass die meisten dieser Leute nur ein ganz kleines Stückchen Land besaßen und er noch nie in seinem Leben bei ihnen gearbeitet hatte. Im Gegenteil, einige von ihnen hatten sogar seinen Vater als Tagelöhner begleitet. Eigentlich wollte Ali das alles nicht hören, aber er ging zu ihrem alten Nachbarn, und sein Vater lief hinter ihm her und stellte sich mit geschwellter Brust neben ihn. Eine Frau jammerte: »Möge Gott euch bestrafen! Ihr habt uns unsere Kinder und unser Land genommen!« Ihr Mann zog sie an der Schulter aus der Menge, und sie gingen fort. Der alte Mann filmte sich noch immer. Er sagte: »Ich werde euch bloßstellen, ihr Diebe! Bloßstellen werde ich euch, ihr Banditen!« Da traf der Bus ein. Ali und sein Vater mussten laufen, um den erwarteten Bruder in Empfang zu nehmen. Sie ließen die Menge hinter sich, ohne sich darum zu kümmern, was mit ihrem alten weinenden Nachbarn passierte. Sie stürmten los, flogen leichtfüßig, der Vater aus Stolz auf seinen Sohn, und Ali, weil er zu seinem Baumhaus zurückkehren und die Arbeit an den kleinen Terrassen mit Nahla fortsetzen wollte. Und er würde diese engen Kleider ausziehen können. Erleichtert ließ er den Platz und den Tumult hinter sich. Aber das, was er gesehen und gehört hatte, stürzte ihn in einen Abgrund: der Anblick dieser Männer, die schrien und weinten, miteinander stritten und lachten, der Anblick des Regierungsvertreters sowie das Wissen um Dinge, die er nicht wissen wollte. Das ist Sache der Landbesitzer, ich habe damit nichts zu tun, dachte er sich. Er bereitete sich darauf vor, seinen Scheich zu treffen, um dessen Segen zu empfangen und von ihm in die Religion eingeführt zu werden. Er dachte an den Heiligen auf dem Bild und an dessen Lebensgeschichte und wie er allein zwischen seinen Büchern und Bäumen in seiner Einsiedelei lebte. Ali nährte seine Träume durch seine Fähigkeit, in seinem Kopf zu leben, abgegrenzt von allem, was er in seiner Umgebung nicht verstand und was ihn wütend machen würde. Aber an jenem Tag war er kurz davor gewesen, dem Regierungsvertreter, der mit seinen Autos und seinen Getreuen hier aufgetaucht war, um sich das einzige kleine Stück Land unter den Nagel zu reißen, das ihr alter Nachbar besaß, einen Fausthieb zu verpassen. Dann würde er den alten Nachbarn an der Hand nehmen und ihn bitten, nach Hause zu gehen. Doch er hatte es nicht getan. Er war weggegangen, ohne etwas zu unternehmen, in seinen Kleidern, in denen er fast erstickte, aber wie ein Mann aussah. Es war ein dunkelblauer Anzug, mit messerscharfen Bügelfalten, darunter eine enge Wollweste, die Nahla gestrickt hatte.

Jedes Detail dieser Kleidung sieht er jetzt deutlich vor sich, während seine Körperteile um ihn herumschwirren und die Erinnerung an jenen Tag mit der frohen Miene seines Vaters heraufbeschwören. Er überlegt, warum er diese verfluchten Kleider sieht, aber er findet keine Antwort. Ob es wohl Ausdruck des Todes ist, oder der Nähe zum Leben? Warum sieht er, wenn er jetzt sterben müsste, diese Menschenmenge mit den schreienden Männern, die ihren Boden und ihre Söhne verloren haben? Und warum muss er dann jetzt das Gesicht seines Vaters sehen? Er zuckt zusammen. Das ist ein schlechtes Omen, wenn Nahlas Antlitz verschwindet und das Gesicht seines Vaters auftaucht. Er will ihn nicht anschauen. Deshalb sucht er Zuflucht bei dem Baum und legt, noch immer mit dem Rücken an den Baum gelehnt, die Arme um den Stamm und wünscht sich, er könnte sich umdrehen, den Baum von vorne umfassen und hochklettern. Aber das würde schwierig werden, denn noch immer sieht er seine Gliedmaßen herumfliegen, die sich jetzt von ihm entfernen und im Mondlicht deutlich sichtbar werden. Sein Rumpf fliegt an ihm vorbei, und er beobachtet, wie sich sein Körper in Einzelteile auflöst, die den Baum umkreisen. Ist das der Tod? Bedeutet Tod, dass wir uns in schwebende Körperteile verwandeln, vielleicht durchsichtige Körperteile, die eins werden mit der Erde und den Bäumen? Aber diese Gliedmaßen, die er als seine eigenen erkennt, sind nicht transparent. Er legt die Hände an die Brust und schließt die Augen. Die Angst hat ihm den Atem genommen. Seine Hände heben ihn nun in die Höhe, aber er ist sich nicht sicher, ob es wirklich seine eigenen Hände sind. Er öffnet wieder die Augen und fürchtet sich davor, nach oben zu schauen und seinen Kopf dort fliegen zu sehen. Da entdeckt er, wie sich das Mondlicht auf seinen Fingern widerspiegelt. Er richtet sich auf, doch sobald er taumelnd auf einem Bein steht, bricht er zusammen und lehnt den Kopf wieder gegen den Baumstamm. Seine Körperteile sind verschwunden, er blickt sich um und weiß, dass er fantasiert hat. Er spürt einen Stich an seiner nicht vorhandenen Ferse, oder einen Biss, oder … kleine Wesen, die womöglich begonnen haben, sein aufgerissenes Fleisch zu verzehren. Aber es ist noch nicht viel Zeit vergangen, seit er verletzt wurde, nicht genügend Zeit, dass die Würmer ihn lebend fressen würden. Vielleicht sind das nur seine Ängste! Er dreht sich um und nähert sein Gesicht dem Baum. Da hört er ein Geräusch, das Geräusch eines

Umdrehens hinter dem Stamm. Das ist der Andere! Er schmiegt sein Gesicht an den Stamm, presst sich mit dem ganzen Körper an ihn und schaut in die Höhe. Der Baumwipfel ist endlos weit entfernt. Plötzlich sackt er wieder zusammen. Er registriert, dass sich der Mond dem Berggipfel genähert hat und dass er noch keine Spur dieses typischen Morgendämmerungsduftes wahrnimmt. Vermutlich ist dieser Duft, so glaubt er, noch immer sehr weit entfernt.

## 14

Aber was ist das? Der Zweig eines Baumes?

Es ist eine abgerissene Hand, die im Mondlicht glänzt. Sie ist zwei Armlängen von ihm entfernt. Gut, nicht zu nah. Er kriecht ein Stück zurück. Er glaubt, aufgewacht zu sein, da berührt eine Hand seine Schulter. Er schaut sie an, es ist seine eigene. Seine Hand liegt auf seinen Schultern, und gleichzeitig blickt er auf seine eigenen Hände. Das ist kein Traum und keine Einbildung. Ist ihm eine dritte Hand gewachsen? Er rutscht auf den Boden, sodass die Zweige des Baumes ihn überdachen, und sieht den Mond, der das dichte Geäst kaum durchdringen kann. Ist das nun seine Hand oder nicht? Ali befühlt mit der linken seine rechte Hand, dann zieht er sich an den Haaren und berührt Gesicht und Nase. Er steckt sich die Finger in den Mund und zieht sie zwischen den Zähnen langsam vor und zurück. Sie sind alle da, er fantasiert nicht. Das sind richtige Knochen. Er spürt, dass er eine offene Wunde an der Oberlippe hat. Was für ein Feigling bist du doch, sagt er sich, das ist doch nur ein Kratzer. Eine kleine Wunde, so etwas war er gewohnt, wenn er über die felsigen Abhänge rannte. Damals hatte er sich nicht darum geschert. Dann versucht er, sich zu verbiegen, um eine Stelle unter seinen Knien zu befühlen, aber der Schmerz und der Blutgeruch hindern ihn daran. Er drückt seine abgerissene Ferse in die Erde, zieht ein paar Blätter aus dem Laubhaufen und bedeckt sie damit. Er wird auf den Baum klettern, der ersehnte Augenblick ist gekommen.

Ali muss sich versichern, dass der Zweig vor ihm dick genug ist. Er stützt den Ellbogen auf, dreht sich um und klebt mit dem Bauch auf dem Boden. Dann kriecht er vorwärts. In der Mitte der Brust spürt er einen Stich. Er wundert sich, wie ein Insekt an seine Brust gelangen konnte, wo er doch diese schwere Uniform trägt. Dann fällt ihm wieder ein, dass er sein Hemd und seine Uniformjacke geöffnet hat, um seinen Bauch auf der Suche nach einer Wunde abzutasten. Noch immer riecht er die Morgendämmerung nicht. Er muss, wenn er den Ast erreicht, die Knöpfe seiner Jacke schließen, damit keine Viecher hineinkrabbeln. Er hatte noch nie Angst vor ihnen, er befürchtet nur, dass sie in seine Wunde kriechen. Diese verfluchten Stiche werden stärker, als wäre er in ein Wespennest gefallen. Er kriecht weiter, und seine Finger berühren die abgerissene Hand, die er für einen Zweig hielt. Er hatte die Hand vergessen. Aber es ist eine echte Hand, kein Zweig, nicht einmal eine Halluzination in seinem Kopf. Sie liegt einfach so in seiner eigenen. Er drückt sie wie einen Zweig, gleichsam, als würde er einen Mann begrüßen. Das ist die zweite Hand, die er findet. Er stellt sich Berge vor, aus denen Finger wachsen und sich gen Himmel recken; während er auf der Erde versteift, sieht er sich als Statue, die eine abgerissene Hand hält, er will die Statue anpusten, damit sie zu Staub zerfällt, doch er kann nicht.

Wieder kehren die Stiche am ganzen Körper zurück, er stöhnt, und da erinnert er sich, wie versteinert er war an jenem Tag, als er das Knacken seiner Kehle vernahm, bevor er seufzte. Jetzt, kurz bevor er wieder in der Lage ist zu atmen, hört er das gleiche Knacken.

An jenem Tag, als er mit seinem Vater von der Arbeit in den Zitrusplantagen zurückkehrte, wurden sie an einem Checkpoint angehalten. Die Soldaten forderten sie auf, sich in einer Linie aufzustellen, damit sie sie durchsuchen konnten. Die Männer stiegen freiwillig aus und händigten ihre Papiere aus. Ali war erschöpft und wollte nach einem langen Tag nur zurück in sein Baumhaus. Seine vom Hackenstiel aufgerissenen Hände schmerzten. Am Morgen jenes Tages hatte Nahla ihn abhalten wollen, mit seinem Vater in die Ebene hinunterzugehen, er sollte in seinem Baumhaus bleiben, meinte sie. Vielleicht hatte sie es gewusst? Er überlegt, dass sie womöglich alles geahnt hatte. Vielleicht war sie deshalb um sie herumgesprungen und hatte wütend Sachen in der Gegend herumgeworfen, auch die Kleider ihres Mannes. Sie hatte ihnen auch nicht wie sonst das Frühstück zubereitet. Sie hatte in den Himmel gestarrt und lauter als sonst gemurmelt, dass ihr Sohn zum Mausoleum gehen müsse, weil der Scheich ihn dort erwarte. Sie lief um die beiden herum, als sie sich anschickten, das Haus zu verlassen, und sagte an den Himmel gerichtet, dass Ali bleiben solle, um ihr beim Schleppen der Steine zu helfen und eine neue Terrasse anzulegen, auf der sie Tomaten anpflanzen wolle. Sie brauche ihn zum Aufgraben des Bodens und zum Brechen der Zweige, die zwischen die Steine gesteckt würden, und um die Plastikplanen daraufzulegen ... sie grummelte und brummelte und zeigte murmelnd in den Himmel, wobei sie ihnen den Rücken zuwandte. Der Vater hingegen bestand darauf, dass sie den ganzen Tag arbeiteten, und versicherte, dass Gott den Schutz seines Sohnes garantiere. Und weil sie zwei Schichten arbeiten würden, würden sie den doppelten Lohn nach Hause bringen. Schließlich habe er seit einem Monat keine Arbeit mehr gehabt. Ali weiß nicht mehr ganz genau, was sein Vater sagte, auf jeden Fall wollte auch er Geld verdienen, denn sein jüngerer Bruder war im ersten Jahr auf der Universität. Er fand, dass Nahla übertrieb. Aber als er dann in der Reihe vor dem Checkpoint stand, erinnerte er sich an ihre Angst. Und jetzt erinnert er sich an jenen Moment, als sie ihn mitnahmen und sein Körper sich versteifte, an jenen Augenblick, in dem er zu Stein geworden war. Genau wie jetzt.

Es war nicht der erste Checkpoint, an dem der Bus hatte anhalten müssen. Bereits ein paar Minuten zuvor hatten sie an einer Straßensperre gestoppt. Die Milizen, die zu Beginn des Krieges aufgetaucht waren, nahmen sich das Recht heraus, Menschen, Autos und alles anzuhalten, was sich bewegt. Ali und sein Vater und viele Dörfler und Städter wussten gar nicht, wem diese Milizen unterstanden. In ihrem kleinen Bus saßen Männer aus den Bergen, die als Tagelöhner in den Ebenen arbeiteten. Sie und die Bewohner der Ebenen hatten sich an diese Milizen gewöhnt, die behaupteten, die Menschen vor Feinden und Terroristen zu schützen. Aber diese waffenstrotzenden Männer, die unentwegt in die Luft schossen, ließen auch Menschen verschwinden. Einmal verschwand der Besitzer einer Luxuskarosse, er wurde später ermordet am Straßenrand gefunden. Mit ihm war auch sein Auto weg, und es war klar, dass es gestohlen worden war. Wenn diese Typen wertvolle Autos entdeckten, entführten sie den Fahrer, stahlen das Fahrzeug und verlangten Lösegeld von der Familie. Ali konnte nur schwer zwischen den Checkpoints der Milizen, des Geheimdienstes, des Militärs und der Polizei unterscheiden. Sogar die stehlenden und mordenden Banden hatten ihre Checkpoints. Die Welt kam ihm eng vor, vermint mit Straßensperren, die auftauchten und verschwanden und wieder auftauchten und erneut verschwanden. Ihr gemeinsamer Nenner war, dass die Männer alle Waffen trugen. Ali sah sie, wenn er mit seinem Vater zur Arbeit fuhr, aber er hätte niemals geglaubt, dass er eines Tages steif und starr an einem dieser Checkpoints stehen würde. Und abgesehen davon, dass die Männer ihre Papiere verlangten und den Bus durchsuchten, hätte er niemals geglaubt, dass etwas Unvorhergesehenes passieren könnte. Jedes Mal, wenn er mit seinem Vater zur Arbeit hinuntergefahren war, hatte er ohne jegliches Zögern seinen Ausweis hergegeben und dabei an den Lohn eines langen Arbeitstages gedacht, den die Familie in Empfang nehmen würde. Er hatte in ihre Gesichter gestarrt, es waren Menschen wie er, vielleicht kamen sie sogar aus den Nachbardörfern. Was ihn jetzt an diesen Augenblick denken lässt, ist, dass er fast erstickt wäre, als sein Vater zu den

Männern gesagt hatte, dass sein erster Sohn gefallen sei und dieser hier bald seinen Militärdienst antreten werde. Ganz sicher werde er das tun, doch jetzt müssten sie nach Hause fahren. Die Männer schwiegen, nur einer sagte: »Hey Mann, unsere Söhne sind alle an der Front. Überlass ihn dem Schutz des Allmächtigen!« Da schaute der Vater Ali an, und Ali schaute die Männer an und dachte, dass es vielleicht ein Traum sei, dass er fortlaufen könne, so schnell wie möglich, den Berg hinauf, um sich in den Wäldern zu verstecken. Er würde sich nicht in einzelne Körperteile verwandeln wie sein Bruder!

Er würde nicht zulassen, dass sie ihn mitnahmen und er statt des Zain sterben würde!

Doch kurz bevor er loslaufen konnte, passierte es. Er dachte an ihre Waffen, aber er war nicht feige! Er erinnert sich, dass er zu sich sagte, er sei nicht feige, selbst wenn er wie ein Kalb zum Schlachten geführt würde.

Aber diese eine Sache hielt ihn zurück.

Vollkommen entgeistert beobachtete er, wie sein Vater einen der Männer an der Brust packte und anflehte, ihn statt Ali mitzunehmen. Noch nie in seinem Leben hatte er seinen Vater so gesehen. Seine Stimme schwoll an, erbebte, die Worte dröhnten, und er sah viel jünger aus. Die Männer schauten ihn erwartungsvoll an, einer warf ihm voller Abscheu einen wütenden Blick zu. Ein anderer packte den Vater an der Schulter und stieß ihn zu Boden. Er kroch zu seinem Angreifer und kniete sich vor ihn. Ali wusste, dass die Soldaten keine Häuser stürmten, um Männer zum Krieg abzuholen, das hatten sie gar nicht nötig; sie angelten sie sich einfach an den Checkpoints von der Straße. Die Videos des staatlichen Fernsehens, die die Feinde zeigten, wie sie unter ihnen lebten und Menschen töteten und abschlachteten, waren Garant genug, dass sich viele voller Enthusiasmus freiwillig meldeten. An jenem Tag aber, an dem sie am Checkpoint angehalten wurden, hatte Ali darüber nachgedacht, dass er sich der Pflege des Mausoleums und dem Erlernen seiner Religion widmen und alles rund um den Krieg vergessen wolle.

Sein Scheich war davon überzeugt, dass er bereit sei. Ali hatte dessen ernsten Blick bemerkt, wenn er stundenlang im Mausoleum saß und auf das Bild seines Lieblingsheiligen starrte. Trotz seiner Sonderlichkeit hielt der Scheich Ali für einen weisen und gütigen Jungen und hatte beschlossen, ihn in die Geheimnisse der Religion einzuführen, sobald er alt genug wäre. Die Zeit war damals günstig gewesen. Ali, der die Idee in seinem Kopf hin und her gedreht hatte, hatte an das Haus der Humairuna gedacht und daran, wie er die Erinnerung an sie wachrufen könne. Er würde es in den kommenden Tagen selbst beziehen, er plante, es zu renovieren und zu reinigen. Er hatte sogar begonnen, ein paar Bücher zu lesen, die der Scheich ihm mitgebracht hatte. Das Dröhnen der Flugzeuge, das Jammern der Mütter und die Streitereien der Dorfbewohner kümmerten ihn nicht, und er empfand kein Mitgefühl für ihren alten Nachbarn, er war nicht bei ihm geblieben, um ihn vor dem Geschubse und Gebrüll zu schützen. In den letzten Wochen schien er sogar regelrecht glücklich gewesen zu sein. Es war ihm gelungen, seiner Mutter ein Lächeln abzuringen, als sie die Auberginen blühen sah, die er auf dem mit Plastik überdachten Terrassengrundstück gesät hatte. Dieses Lächeln hatte er mit eigenen Augen gesehen. Und sein Glück wurde vollkommen, als sein Bruder sich an der Universität einschrieb und er entdeckte, dass seine kleine rothaarige Schwester es liebte, stundenlang unter dem Baum zu lesen. Es wurde ihm ein Genuss, ihr zu lauschen. Diese kleine Schwester, die ganz plötzlich herangewachsen war und von Zeit zu Zeit mit lauter Stimme vorlas. Weil er so gerne zuhörte, spornte er sie an, laut zu lesen. Dann las und las sie, bis sich der Abend herabsenkte, und er lauschte ihrer Stimme und blickte in Erwartung der Worte mit ernster Miene in den Himmel. In jenem Sommer hatte er geglaubt, seine Welt sei vollkommen. Es war der gleiche Sommer, in dem sie am Checkpoint angehalten wurden und sein Vater die Hand eines der Männer küsste. Zwei von ihnen hatten Ali gepackt, ein anderer schimpfte seinen Vater lauthals einen Feigling, weil er seine Söhne nicht der Heimat überlasse. Und der Vater antwortete, dass er bereits einen Sohn geopfert habe, der so schön gewesen sei wie der Halbmond, und dass sich er und seine ganze Familie für den Präsidenten und das Vaterland hingaben. Diesen Sohn hier aber sollten sie ihm lassen. Plötzlich fiel einem der Männer auf, dass Ali nicht sprach und einen so ergebenen Eindruck machte wie die Weisen, die nichts erwarteten. Einer von ihnen packte den vor ihm knienden Vater an den Schultern, versuchte, ihn hochzuziehen, und sagte: »Dein

Sohn scheint etwas sonderlich zu sein!« Eifrig entgegnete der Vater: »Ja, das stimmt, er ist ein Sonderling, er wird Ihnen nichts nützen ... Bei Gott, mein Herr, dieser Junge ist nicht ganz richtig im Kopf. Wohin wollen Sie ihn bringen?« Und wieder küsste er dem Mann die Hand und weinte. Der Mann lachte, und der Vater brach erneut zusammen. In diesem Augenblick trat Ali vor und ging schweigend los. Die beiden Männer, die ihn festhielten, zog er mit sich. Der Mann, vor dem sein Vater kniete, erklärte fast mitleidig, dass sie nur die Gesetze befolgten. Aber der Vater hörte nicht auf zu betteln und zu flehen. Da sagte Ali entschlossen, während er weiter voranschritt: »Ich gehe mit ihnen. Und du, kehr sofort ins Dorf zurück!« Wie ein reifer, vernunftbegabter Mensch. Die Männer in der Reihe schauten ihn an, ebenso die Frauen und Kinder, die vom Bus aus zugesehen hatten, sie alle fanden Gefallen an dem jungen Mann, der wusste, was Vaterlandspflicht bedeutete. Da hob Ali den Kopf und blickte, erfüllt von Trauer, in den grauen Himmel. Es waren die einzigen Worte, die er sprach.

Ali erwartete, dass der Vater aufstehen und ins Dorf zurückkehren würde. Er war sich seiner Sache sicher, es war ihm egal, dass er sich an einen Ort begeben würde, von dem die Männer in Särgen zurückkehrten. Es kümmerte ihn nicht mehr, wo er war, er wusste nicht einmal mehr, in welche Richtung er ging. Er hatte sie höflich gebeten, ihn allein gehen zu lassen, er würde selbst in ihr Auto steigen. Sie schauten ihn spöttisch an, denn er wirkte ruhiger auf sie, als es der Situation angemessen war, gleichsam, als wollte er den Helden spielen. Er ging vor ihnen her, doch plötzlich hielt ihn einer der Männer an: »Hey, wo gehst du hin? Das Auto steht dort drüben.«

Ali drehte sich um und sah das Auto, in dem er dem Blick seines Vaters entschwinden würde. Er sah seinen Vater, sie schauten sich an, der Vater straffte den Rücken, stand einfach da und betrachtete ihn keuchend, die Füße gespreizt, die Arme ausgebreitet, als wollte er springen.

Mit jedem Schritt vergrößerte sich die Distanz zwischen ihnen. Ali hielt den Blick auf seinen Vater geheftet, und während sein Kopf im Fahrzeug verschwand, konnte er in den Augen des Vaters zum ersten Mal etwas wahrnehmen, was er für Liebe hielt.

# 15

Seine Hand ist immer noch trocken. Ali glaubt zu husten, aber er spuckt Blut. Er hört ein Echo, zuckt zusammen, dreht sich um, und die Hand fällt ihm aus den Fingern. Er hört das Rascheln der Blätter, begleitet von einer Bewegung hinter dem Baum. Es ist der Andere, der sich rührt, der sich vielleicht um den Stamm windet. Ali dreht sich auf den Bauch, sodass sein Gesicht jetzt genau gegenüber dem Stamm liegt. Der Mond steht über ihm, er muss sich nicht bewegen, um ihn zu sehen. Ein Mond wie ein Schwamm, durchzogen von Adern, die sich ständig verändern. Er kennt die farblichen Variationen. Heute scheinen sie blau und grau zu sein, denn der Himmel ist klar, und die Sterne sind wie immer, unverändert. Seit einigen Minuten kommt es ihm vor, als sähe er die Sterne um den Mond herum fallen, dessen Oberfläche sich verwandelt. Der Mond kommt näher und legt sich über ihn, dann entfernt er sich, um zu einem Stern zu werden; er nähert sich und entfernt sich wie ein hüpfender Ball. Ali hat immer geglaubt, der Mond sei viel größer. Seine Rundung löst sich auf, die Ränder scheinen einzureißen, dann wird er so klein, dass Ali ihn kaum noch erkennt. Da ist nur noch ein schwaches Leuchten, das Stück für Stück dahinschwindet. Dann begreift Ali, dass es seine

Augen sind, die schmaler werden, und dass der Mond unverändert ist. Die Lider fallen ihm zu, Dunkelheit macht sich breit. Ihm fehlt die Kraft, die Augen wieder zu öffnen.

Nun pendelt er im Zweifel, unsicher darüber, ob er wirklich existiert. Es ist, als drehte er sich im Kreis, denn kaum hat er sein ersehntes Ziel erreicht, beginnt er wieder von vorn, vom Augenblick des ersten Erwachens, als er nicht mehr wusste, wie er hieß. Anfangs- und Endpunkt sind gleich in seinem Kopf. Er steigt hoch und fällt in einen Abgrund, dann steigt er wieder in die Höhe bis zum Gipfel, gezogen von einem unsichtbaren Haken, der ihn am Herzen gepackt hat. Dann erwacht er erneut durch eine Vision.

Woher kommt die Kraft für diese Vision, die ihn anspringt? Es ist nicht unbedingt eine Vision. Es ist ein Bild, das flüchtig vorüberzieht. Sein Vater steht mit krummen Beinen da und sieht die Männer an, die seinen Sohn verhaften, in den Augen dieses Wasser, für das die Menschen verschiedene Wörter haben. Es tritt aus dem Augenspalt, und manchmal schwimmt es darin, oder es bleibt darin gefangen und wendet sich zum Herzen und tötet es. Oder zum Gehirn, das es in Erschütterung versetzt und zerlegt. An jenem Tag sah er, wie dieses Wasser eingesperrt war, und er sah diesen Blick, den er niemals zuvor in seinem Leben empfangen hatte. Er kannte diesen Blick, er bekam Angst, sein Bauch begann zu zittern. Jetzt kehrt die Kraft zu ihm zurück, er versucht, die Lider zu öffnen, und durch die Erfahrung, die er an diesem Tag, der so lang war wie ein ganzes Leben, gemacht hat, weiß er, dass er das Bewusstsein verlieren wird. Er ist nicht mehr imstande, irgendetwas zu tun, er kann nur noch spüren, dass er existiert. Das Bild von diesem Blick gibt ihm sein Bewusstsein für seine Existenz zurück. Aber seine Existenz ist abhängig davon, was er in diesem vergehenden Augenblick fühlt. Er hat seine Fähigkeit verloren, die Finger oder irgendeinen anderen Körperteil zu bewegen. Und da sieht er den Mond. Das genügt vielleicht. Wieder kommt das Bild von dem tiefen Loch zu ihm, in das er sich selbst steigen sieht. Und er glaubt erneut, dass es sein Grab ist, dass er wirklich gestorben ist und dass das, was er kurz zuvor gesehen hat, nichts ist als Einbildung. Er kann nicht mehr zwischen Traum und Halluzination unterscheiden, zwischen Erinnerung und Gegenwart. Das Bild seines Vaters, das flüchtig vorbeigezogen ist, hat ihn verwirrt. Dann realisiert er, dass irgendetwas ihn in die Lage versetzt, seine Umgebung wahrzunehmen. Er wäre sogar froh, seine Fantasiegebilde zu sehen. Er sieht, wie er die abgerissene Hand nimmt, sie fortwirft und dann selbst in das verfluchte Loch fällt, das er zu Beginn des Tages gesehen hat. Er hat vergessen, dass er sich in einer Grube gesehen hat, und dass diese Grube das Grab seines Bruders war. Sogar Nahlas Gesicht ist verschwunden, und er hat die Vermutung, dass er aus zwei Augen besteht. Eine Brise kommt auf, ein vertrauter Duft, der Duft des anbrechenden Tages. Der Mond hinterlässt violette Schatten auf den Dingen. Ihm wird bewusst, dass er diesen Geruch kennt, er ist eine der Töchter des Windes, wie er sie bezeichnet. Da lebt er auf und atmet tief ein. Er öffnet die Augen und sieht seine Wimpern wie riesige schwarze Gitterstäbe vor sich. Und dann, ganz langsam, reißen seine Lider auf, und das Mondlicht überflutet ihn. Der Mond ist größer und deutlicher als gewöhnlich um diese Zeit, aber er ähnelt nicht seinem vertrauten Mond, dessen Bahnen er kennt und dessen Gesichter und Verwandlungen ihm nur allzu vertraut sind und von dem er glaubte, er sei ihm näher als alle Menschen. Dieser Mond ist weich, er hängt ganz oben in der Eiche und beleuchtet die Umgebung. Das also ist es. Der Mond ist wegen ihm hier. Er vergisst sich wieder für ein paar Minuten, dann weiß er, dass der Mond zu ihm gekommen ist.

Der Mond ist nicht so nah, wie er glaubte. Es ist der Baum. Der Mond hängt ganz oben in den Zweigen und schaut zu ihnen. Ali meint, auf dem Bauch zu liegen und zum Baum zu kriechen. Die Wahrheit aber, die er einige Sekunden später erkennt, ist, dass er auf dem Rücken liegt, ganz in der Nähe des Stamms, und dass der Mond deutlich sichtbar ist und sich ihm nähert und ihm den Weg leuchtet. In den letzten Nächten konnte er den Mond besteigen und ihn in andere Formen verwandeln. Wenn er eine Sichel war, wusste er sich darauf zu bewegen. Und wenn Ali in seinem Baumhaus schlief und die Äste sein Licht verdeckten, trickste er sie aus und bewegte sich hin und her und schloss die Augen, schaukelte und sagte zum Mond: »Los!« Er spornte ihn an, durch den Himmel zu galoppieren, während er auf ihm saß. Aber jetzt ist der Mond rund, er kann nicht auf ihm schaukeln. Ihm kommt in den Sinn, dass er, als er auf dem Berggipfel in seinem Baumhaus hockte und auf dem Vollmond hätte schaukeln wollen, er ihn zum entferntesten Stern geworfen hätte. Er hat sich den Vollmond immer wie einen Gummi-Schwamm vorgestellt, und wässrig-luftig, wenn er eine Sichel war. Ali war sich immer darüber im Klaren gewesen, dass viel Unsinn über den silbernen Mond verbreitet wurde. Für ihn war der Mond nicht weiß, sondern blau, und es war der Himmel, der ihm diese Bläue verlieh, nicht die Sonne, wie er in der Schule gelernt hatte. Manchmal sah er ganz deutlich die weit entfernten Gefilde, und er dachte, dass dort jemand sei, der von der anderen Seite aus zu ihm herüberschaut. Oft glaubte er, dass der Mond reine Fantasie sei, nur ein großes Licht, form- und farblos, ohne Geruch, ohne Geschmack. Er glaubt das Gerede über den Mond nicht, genauso wenig das, was er manchmal gezwungenermaßen zusammen mit seinen Geschwistern im Fernsehen gesehen oder gehört hatte, denn er hasste diesen Apparat. Er konnte noch nicht einmal das Mobiltelefon ausstehen, das sein Bruder bekommen hatte. Er bevorzugte sein Baumhaus und betrachtete es als einen Fernseher anderer Art. Sein Monitor war breiter und größer und bot einen Ausblick ins ganze Universum. Ali konnte mit dem Finger auf den tiefsten Punkt zeigen, den er sah, dort, wo das Meer den Himmel berührte und ein kleines Stück davon glitzerte. Wenn er in seinem Baumhaus stand, kam der Mond zu ihm, denn ihr Haus war des Mondes Nachbar. Er schaute auf diese seltsame Wasseroberfläche, betrachtete sie. Sie schien ihm wie ein Spiegel zu glänzen, sie beleuchtete ihm die Welt von Weitem. Dieser Spiegel am Ende des

Horizonts war sein ganz eigener Fernseher. Eines Tages würde er dorthin gehen, sagte er sich, zum entferntesten Punkt am Horizont. Das war eines seiner Geheimnisse. Üblicherweise verriet er seine Geheimnisse niemandem, auch wenn er einige Überlegungen mit Nahla und der Humairuna geteilt hatte. Meistens aber bewahrte er seine Gedanken und Fragen innerhalb einer geschlossenen Dose auf, und jetzt befand er sich innerhalb dieser Dose: in seinem Kopf.

Er wendet sich unwillkürlich um, und da sieht er Füße vor sich, die Füße des Anderen. Es ist nicht deutlich erkennbar, ob die Ferse abgerissen ist, ein Fuß ist unversehrt, der andere vom Baum verdeckt. Der Mond müsste sie beleuchten. Ali tut einen tiefen Atemzug und beschließt, sich auf den Bauch zu drehen und nicht in die andere Richtung zu sehen. Er wendet sich um, plumpst auf den Boden, hat das Gefühl zu fliegen und zu stürzen, sein Mund füllt sich mit Erde, die Zweige zerkratzen ihm die Augen. Ein harter Plumps, mit dem er nicht gerechnet hat. Er hat sich für zu schwach gehalten, sich mit solcher Kraft zu bewegen. Er robbt mithilfe der Ellbogen vorwärts, er hört, wie das Laub zermahlen wird, und vernimmt von der anderen Seite des Baumstamms her ein merkwürdiges Geräusch. Aber er ignoriert es, er ist entschlossen, jede Kreatur, die sich ihm nähert, mit den Zähnen zu zerreißen. Er beißt die Zähne zusammen, er hat immer noch Kraft, wie sonst hätte er sich so energisch umdrehen können? Ihm fällt auf, dass ihm das Licht des Mondes verloren gegangen ist; er sieht es nicht mehr. Das blaue Licht um ihn herum bedeutet, dass der

Mond noch über dem Baum steht und darauf wartet, dass er vorwärtskriecht. Wenn er am Stamm angelangt ist, werden die Äste das Licht des Mondes verdunkeln. Das wird bedeuten, dass er angekommen ist. Gleich verdecken die Äste den Mond, dann hat er seine Aufgabe erledigt. So ist er, der Mond, sagt er sich. Genau wie in den Nächten, wenn er beschlossen hatte, aus seinem Baumhaus zu schleichen und bis zum Morgengrauen durch Wald und Dickicht zu streifen.

Er kommt ein Stück voran, und auch der Andere kriecht vorwärts. Wieder vernimmt er das Geräusch und sieht, obwohl es Nacht ist, Insekten, die ihn umkreisen. Er sieht ihre schwarzen Umrisse, die diese Geräusche verursachen, wenn sie mit ihren feinen Füßen über die Blätter streifen. Er spürt die Stiche am Bauch, er lebt also, es ergibt keinen Sinn, an den Geruch des Blutes zu denken, an seine abgerissene Ferse oder an seine Wunden, über die er nichts weiß und von denen er glaubt, dass sie harmlos sind. Er zittert und schwitzt, ihm ist, als würde er von innen her explodieren, es kocht und siedet und wallt in ihm. Warum ist niemand gekommen, um ihn zu retten? Sogleich schlägt er sich diesen Gedanken aus dem Kopf, denn er glaubt, dass er sonst den Versuch aufgeben würde, den Baum zu erklettern. Er erinnert sich, dass er das Flugzeug über ihnen hat schweben sehen, und er erinnert sich, dass er in dem Moment, als die Granate niederging, zu ihm aufgeschaut hat.

Aber warum ist niemand gekommen, um ihn zu retten?

Er vertreibt seine Obsessionen, befiehlt sich, damit aufzuhören. Seine Lippen zittern, er schwitzt, er macht sich wieder Vorwürfe. In diesem Augenblick möchte er noch nicht einmal die brennende Stelle am Ohr berühren, die ihn so schmerzt. Das ist nur ein Kratzer, sagt er sich. Wenn er jetzt an diesen tiefen Schmerz dächte, den er erlitten hat, würde er feststellen, dass sein Ohr mit der fehlgeleiteten Granate fortgeflogen ist, genau wie seine Ferse. Aber er denkt nicht daran, er muss ein Mann sein. Er hat noch immer seine Zähne, mit denen er wieder knirscht.

Mit diesen Zähnen würde er jeden zerreißen, der sich ihm näherte. Er würde ihn fressen, er würde ihn beißen wie die Hyänen das Aas.

Jetzt muss er den Baumstamm umarmen. Er kriecht vorwärts, und als sein Kopf gegen den Stamm stößt, entspannt er sich. Er vernimmt einen seltsamen Laut. Er hebt die Hand, kraftvoll, und berührt den Baumstamm, dann umarmt er ihn. Er fährt mit den Fingern über die harte Rinde, kniet sich hin. Fast steht er jetzt. Er muss nur noch den anderen Arm ausstrecken. Er sieht aus wie ein Dämon, geschaffen aus Erdkrumen und Laub. Die Hände in die Höhe gehoben, streckt er sich, als würde er sich aus sich selbst gebären, als schlüpfte aus ihm ein anderer Mensch, ein unversehrter Mensch mit all seiner Menschlichkeit und seinem Körper. Er berührt den ihm am nächsten hängenden Ast, die Äste bewegen sich nicht, obwohl die Morgendämmerung in den Bergen von einer süßen Kühle begleitet wird, deren Brisen die Blätter in Bewegung versetzen. Die Äste bewegen sich nicht, weil sie dick sind. Aber auch die Blätter bewegen sich nicht? Das findet er seltsam. In diesem

Augenblick wird ihm bewusst, dass er den Ast kräftig gepackt hält und vor sich die anderen Äste sieht. Und er sieht ihre Wurzeln in seinem Kopf und in seinem Herzen, genau wie eine komplizierte Abbildung in einem Buch über Bäume und Wurzeln, das er in der Schule gelesen hat. Er weiß, dass die Wurzeln ihn zu den Ästen bringen, und er ist in der Lage, ein Teil von ihnen zu sein, auch wenn er sich seiner Fähigkeit, diese Gedanken zu haben, nie bewusst war. Er würde einfach tun, was er in seinem normalen Leben immer getan hat. Das verleiht ihm das Gefühl, dass diese Kraft, die plötzlich über ihn kommt, ein Bett aus Baumwurzeln ist, das ihn trägt und in der Nacht wiegt. Da erhebt sich sein Körper, seine Hände packen kraftvoll den Baumstamm, er windet sich hoch wie eine Schlange, die sich eine Wand entlangschlängelt, obwohl der brennende Schmerz überhandnimmt, er steigt von der Ferse auf, explodiert in seinem Kopf und verteilt sich um seine Ohren herum. Ali schmiegt sich an den Stamm, als klebe er daran. Dann lauscht er dem Geräusch von gegenüber, es ist ihm vertraut.

Er ignoriert das Geräusch und erreicht die Stelle, wo sich der Baum verzweigt. Er zittert nicht, er nimmt einen tiefen Atemzug und streckt sich, dann hebt er die Hand und berührt mit den Fingern den ersten Zweig eines größeren Astes. Das Mondlicht kommt immer noch nicht zu ihm, und die großen Äste sind immer noch weiter entfernt von seinen Fingern, als er sich vorgestellt hat. Er will seinen Rumpf wie einen Baumstamm straffen, schafft es aber nicht. Also schiebt er sich hoch und streckt die Beine aus, indem er seinen Körper krümmt und sich nach oben stößt. Bei dieser Anstrengung erschlaffen seine Finger und die Muskeln in den Oberschenkeln, er fällt vom Stamm ab und purzelt hinunter, dreht sich dabei mehrmals und findet sich schließlich an der gleichen Stelle wieder wie zuvor, unweit der zerfetzten Sandsäcke, im Mondlicht, und schaut zu dem Baum, der nun wieder weit entfernt zu sein scheint.

Er weiß nicht, ob es das Mondlicht ist oder seine Fantasie, aber er sieht, dass der Andere gleichfalls gestürzt ist. Er kann ihn deutlich sehen. Jetzt hört er Geräusche aus seinem Inneren. Ein Lärmen und Kreischen. Er hört die von den Insekten verursachten Geräusche nicht mehr, nicht einmal die der brechenden Zweige, er kann auch den Mond nicht sehen, der in seinen Augen rund geworden ist, denn seine Pupillen haben sich geweitet. Er vollführt wieder diese Gesten in der Luft: Er hebt die Hände zum Himmel, er murmelt, schreit, dann steht er gebeugt auf und läuft in Richtung Baum, die Arme ausgebreitet, um den nächsten breiten Ast zu umklammern. Er sieht noch immer nicht seinen unvollständigen Körper. Er sieht nichts, nur dieses Blau und die Lichter, und beides mischt sich mit leuchtenden Lichtfäden. Er kann sie deutlich erkennen, sie entweichen den dichten Blättern und den verzweigten Ästen. Sie sehen aus wie lange dünne ausgestreckte Arme weiblicher gallertartiger Kreaturen, die ihn rufen und seine Fingerspitzen berühren und dann die blauen Lichtfäden ausblasen. Sie beleuchten die Luftschwingungen, die durch die Bewegung der Blätter und des Staubs hervorgerufen werden.

Deutlich kann er die Ferse seines Armeestiefels erkennen, der offen über einer tiefen Wunde klafft, die größer ist, als dass man sie einen Schwund nennen könnte. Seine Ferse ist zertrümmert, eine Wunde von der Art, dass das Blut ganz langsam herausfließt. Er sieht es nicht, aber es verteilt sich hier und dort unter den violetten Fäden des Mondlichts. Aber er ist nicht wachsam genug, die Blutstropfen sind zusammen mit ihm gehüpft, dann verwandeln sie sich in Mondstrahlen. Er aber springt in Richtung Ast und starrt ihn mit versteinerten Augen an. Er ist kurz davor zu fliegen.

Da ist der Ast, er streckt sich vor ihm in die Höhe.

Er wirft sich zu ihm hin, achtet nicht auf den Anderen, der das Gleiche tut. Sein ganzes Sein verkörpert sich in seinen Armen, die länger werden und sich ausbreiten.

Er stürzt sich mit aller Kraft auf sein Ziel.

Er packt den Ast.

Er fliegt.